国家古籍整理出版专项经费资助项目

明清小品丛书

A Series
of
Essays
in
Ming and Qing
Dynasties

汤显祖小品

〔明〕汤显祖——著
孙秋克——注评

中州古籍出版社
·郑州·

图书在版编目(CIP)数据

汤显祖小品 /(明)汤显祖著;孙秋克注评 .—郑州:中州古籍出版社,2023.12

(明清小品丛书)

ISBN 978-7-5738-1069-4

Ⅰ.①汤… Ⅱ.①汤…②孙… Ⅲ.①小品文-作品集-中国-明代 Ⅳ.①I264.8

中国国家版本馆CIP数据核字(2023)第228457号

TANG XIANZU XIAOPIN

汤显祖小品

出 版 人	许绍山
选题策划	梁瑞霞 张 雯
责任编辑	朱 琳 张 雯
责任校对	周 靖
美术编辑	曾晶晶
封面设计	黄桂敏

出 版 社	中州古籍出版社(地址:郑州市郑东新区祥盛街27号6层 邮编:450016 电话:0371-65788693)
发行单位	河南省新华书店发行集团有限公司
承印单位	河南瑞之光印刷股份有限公司
开 本	787 mm×1092 mm 1/32
印 张	11.125
字 数	222千字
版 次	2023年12月第1版
印 次	2023年12月第1次印刷
定 价	58.00元

本书如有印装质量问题,请联系出版社调换。

前　言

在中国文学史上，汤显祖是一个独特的存在，以《牡丹亭》为代表的传奇戏曲，使他获得了无可取代的地位，成为与莎士比亚并列的世界文学巨子。两位巨子同为戏剧家，同逝于1616年。这一历史的因缘际会，促进了"汤显祖与莎士比亚"这一中外文学交流形式的发展。汤显祖的文学创作成就具有多样性，除了为人熟知的传奇戏曲外，其诗文辞赋都不乏引人注目的佳作，其小品文也是晚明文学的亮点，解读其人及其时代的锁钥。

汤显祖（1550~1616），字义仍，号若士、海若士、清远道人、茧翁，江西临川人。隆庆四年（1570）中举，万历十一年（1583）成进士，观政北京礼部。万历十二年（1584）授南京太常寺博士，四年后改官南京詹事府主簿，万历十七年

(1589)升南京礼部祠祭司主事。万历十九年(1591)因上《论辅臣科臣疏》抨击朝政,被贬为广东徐闻典史。万历二十一年(1593)量移浙江遂昌知县,五年后弃职归乡。万历四十四年(1616)病逝于临川玉茗堂。

汤显祖的科举和仕途道路都不平坦,这与其思想及个性密切相关。他中举后四次春试落第,后两次均缘于拒绝首辅张居正的拉拢。中进士后又因拒绝当时内阁大臣的延揽,第二年才得授职南京,最终怀着对官场的彻底失望断然弃官。若不理解在那个时代,汤显祖要做出这样的选择有多么困难,就不足以谈其人生,不足以见其正果。读其书而知其人,赏读汤显祖的小品文,无疑是我们走近这位伟大作家的途径之一。

从汤显祖的小品文,可见其自号皆源于现实。万历五年(1577),二十八岁的汤显祖在春试落第后取"海若"为号,以示自己胸怀旷达(《广意赋序》)。万历二十七年(1599),五十岁的汤显祖梦见达观禅师来信,为其取号"海若士",其实表现了他弃官之后的心理活动(《梦觉篇序》)。万历二十九年(1601),五十二岁的汤显祖在弃官三年后被以"闲住"罢职,他愤而表示宁作茧化蛹干死,以求独善其身,故取别号"茧翁"(《答赵梦白》《答林若抚》)。如果说名字为家长所赐,寄予了家族长辈的厚望,那么自号往往是个人意趣志向的表白。

从汤显祖的小品文,可见其哲学思想的具体表述。大体说来,儒道佛三家兼而有之,却因对现实的感受而有所异趋,是其主要特点。对于佛道思想,汤显祖多用以缓解仕途人生的失意之感,其儒学思想与同时代人的主要不同,则在于身处心学和理学激烈冲突时期,他既接受了其师泰州学派罗汝芳的影响,却又部分叛去(《太平山房集选序》《秀才说》),进而在文学上形成了影响公安派文风的崇尚灵性、灵气(《张元长嘘云轩文字序》《王季重小题文字序》《合奇序》)的思想,最终确立了以情为主(《宜黄县戏神清源师庙记》)、以情抗理(《牡丹亭记题词》)的宗旨。汤显祖从叛理到主情思想的确立,经历了比较复杂的过程,而这恰是他成为文学巨子的重要思想基础。

从汤显祖的小品文,可见其文学思想与创作实践相辅相成。其文学理论在小品文中的表现,概言之有四:其一,主张积学,以使学殖富而精;

主张游历，以破面壁而拓视野（《兰堂摘粹序》《超然楼集后序》）。其二，抨击七子派，批判他们以摹拟秦汉盛唐为复古的文风（《答陆君启孝廉山阴诗序》《答王澹生》《答张梦泽》）。其三，突破明代理学的樊篱，确立了文学创作主情论（《牡丹亭记题词》《青莲阁记》《耳伯麻姑游诗序》）。其四，反对把格律奉为金科玉律，提倡"凡文以意趣神色为主"（《答吕姜山》）。

从汤显祖的小品文，可见他对自我和明代传统文学成就较为公允的评判。例如，他说即使汉唐作者，也没有几首诗可以传世，而自己"傥得诗赋三四十首，行为已足（《答李乃始（二）》）"，文章则"常自恨不得馆阁典制著记，余皆小文"（《答张梦泽》），唯"词家四种"（按"临川四梦"）或可传（《答李乃始（二）》）。由此可见，汤显祖对其传奇戏曲最为自信，而其成就早已被文学史所证明。因此，他的自我评价决非目空一切或妄自菲薄，而是有某种个人和时代认知依据的。我们再从汤显祖看问题的角度，把明代诗文辞赋置于中国文学发展史上，亦会感到其整体成就，确乎难以和秦汉唐宋相提并论。所以，面对时人的模拟剿袭之风，汤显祖才会说："见此道神情声色，已尽于昔人，今人更无可雄，妙者称能而已。"（《答王澹生》）汤显祖当时的见识，是具有相当深度和广度的。

然而，我们说汤显祖对自我和明代诗文的评判具有合理成分，却并非完全认同之。譬如他对自己和明代诗文的价值均有所怀疑，然而其中最为引人注目也最能体现晚明古文成就的小品文，并不乏传世之作，他本人也早就是举世公认的小品文名家。例如明代丁允和、陆云龙编辑《皇明十六家小品》，民国年间施蛰存编辑《晚明二十家小品》、阿英编辑《晚明小品文库》，汤显祖皆得以入选。由于时代不同、主张不同，各家所选难免有所侧重，这也是我们编选这本小品文的主要原因。

在小品文艺术上，缘于自小为科举应试而苦练八股文打下的坚实基础，汤显祖显示出极为深厚的功力，这也是他一向被视为晚明小品名家的要素之一。从童年起，汤显祖就过着专攻"六经"，刻苦制艺的日子，二十来岁即声名远扬。虽然中举后他对科举制艺的态度明显地由热转凉，甚至批判这是对人灵性之摧残（《张元长嘘云轩文字序》），但其小品文的功底，毕竟发轫于此。

跳出科举制艺多年的浸润，汤显祖的小品文脱尽时人摹拟蹊径和八股文的套路，显得思想深邃，真情绵绵，读之扣人心弦，过目令人难忘。汤显祖在文学创作上倡导主情论，人生的各种情感无不令其萦怀，兼之哀乐悲喜并非完全为己，同时也是对世态人情的感同身受，所谓"世之所喜，吾得不喜；世之所悲，吾得不悲"！故沈际飞说汤显祖此文，乃"情至之文，不忍卒读"（《独深居点定玉茗堂集》批评《张氏纪略序》），并非溢美之词。

汤显祖小品文中的爱情论振聋发聩。他揭密自己的戏曲创作，缘于"因情成梦，因梦成戏"（《复甘义麓》），认为"情"之一字，总为创作之源。《牡丹亭记题词》更是把爱情的最高境界，提炼到超越生死："生而不可与死，死而不可复生者，皆非情之至也。"《哭娄江女子二首序》写现实生活中发生的真人实事，年仅十七岁就因渴望爱情不得而夭折的女子，使汤显祖对现实社会女性的不幸命运，有了更为深切的痛感，同时也表明《牡丹亭》这部旷世传奇，甫一面世，即产生了动人心魄的力量，而汤显祖写下这篇小序时的沉痛之情，明显多于获得共鸣的欣慰之感。

汤显祖小品文中的亲情温馨动人。万历七年（1579），汤家在遭遇火灾七年后，仍然贫居草堂，次年汤显祖又遭遇第三次春试落第，在逆境中他收到龙君扬（宗武）的来信，复之以自己虽"家徒四壁"，"药肆人间"，却充满了幸福和希望：长子已"扶床巧笑"，其高寿九十的太祖母则含饴弄孙，祖父母欢笑不止，而自己初为人父，在欣然憧憬未来时，也知人生注定有"欢悲"，取舍固不由人，感受却因人而异（《答龙君扬诗序》）。这一超脱物欲而看重亲情的生活态度，无疑带来了积极向上的力量。汤显祖和其祖母之间的感情亦如此，《龄春赋序》表现的因亲情而远宦达之境，若非汤显祖这样的至情至性者，决不能为。

汤显祖小品文中的友情真挚诚恳。李季宣（枳）和汤显祖"交虽道义，情逾骨肉"，早在青年时代他们就携游歌啸。汤显祖弃官归里后，二人虽然十多年未曾谋面，梦魂却常思旧交（《寄李季宣》）。帅机是汤显祖平生感情最为深厚的忘年交，他用记梦的方式，以头巾为喻，描绘知己之情："梦生于情，情生于适。""适"即"适予"，"适予"即二人以诤友为知己。"适"本难逢而有幸遇到，故虽"两人同心，止各一头"，但"取巾相易,不差分寸"(《赴帅生梦作诗序》)。笔触深情绵渺,构思独出心裁。

汤显祖的小品文往往别具匠心,自成一体,灵气倏来忽往,挥洒自如,笔随意转。如《秦淮可游赋序》勾勒出一幅有声有色、动静结合的月夜风情画,使人犹如置身于明月当空,清风徐来的朦胧烟波之上。眼前清景无限,情思欲尽未尽,弥漫纸上,氤氲心头。又如《仪部郎蜀杨德夫诗序》,以西蜀天地壮伟而人物俊奇,突出人杰地灵对作家的影响;以六朝古都风物奇丽而牵动乡情,点出诗人创作意兴之催生;结以杨德夫的诗因而达到"才情并诣"之境,成为"情途希觏之品"。文虽不长,然大开大合,转接无痕,堪为世人作序之范本。

汤显祖的小品文无疑以尺牍最为人激赏,也最见其艺术功力。其文或叙述,或议论,或抒情,或描写,无不文采飞扬,语短情长,兼之意象清丽,风格多样,读来余香满纸。有时全文仅一二十字,却能收到尺幅万里的效果,其人生哲理常常蕴含于三言两语、各种意象中,使人真切地体验到见字如晤之感。下面略举几例与读者分享:

《寄马心易比部》持笔遐想友人"宛转梅花

水际"，意趣空灵，情思清逸；"兄于世相，万无过嚄"，则拈来杜诗暗讽现实，笔触委婉，意味深长。《与袁六休》抒发和友人刚刚离别，即怀念初逢时"相视而笑，恍若云天"之感，而路途上心情烦闷，万千关怀切切在心，让人读之而悠然神往人世真情。《答黄贞父》书写早春的气息分明颤动于破晓枝头，梅花开而鸟雀喧，一切本当引发欣喜之情，而作者却忧心忡忡。忧世么，谁当忧之？忧身么，何足忧之？景因情发，意味深长。《答黄九洛》寥寥数语，开篇即占尽气势，而后书写在夜雨中点定佳作，玩赏"灵气"，不禁为离别而惆怅的情怀。全文一气呵成，清韵流转，结句情思悠悠，有余无尽。《寄董思白》全文不足七十字，却接连用了六个成语典故：说告病还乡，用季鹰、摩诘之典；说适时退避朝中纷争，用进退维谷、屈伸有时暗喻；说来日重登仕途，用四岳三江作比。成语典故都用得贴切恰当，形象鲜明。

总而言之，汤显祖的小品文无论思想内涵还是表现艺术，皆异彩纷呈，美不胜收，在此难以一一列举。与其词费于此，不如请读者通过阅读本书，去领略汤显祖深邃的思想、真挚的感情，进而领略其美妙的艺术境界。读书可以明道，可以清心。即如这本书稿完成于三年疫情期间，神交汤显祖则是多年以前。2022年暮春完成此编时，我曾作小诗《〈汤显祖小品〉一校完毕待寄》："疫疠越年朝复暮，汤翁小品已完编。春深静坐听花落，灯下封缄夜未眠。"虽为一时之感，却怀数载之情。

本书选文以徐朔方先生笺校的《汤显祖全集》（北京古籍出版社，1999年）为底本，以其《汤显祖年谱》（见《晚明曲家年谱》，浙江古籍出版社，1993年）为参照。岢此，谨向辞世十六周年、明年百年诞辰的徐先生致敬并致谢！在编选、注释的过程中，笔者对《汤显祖全集》之笺误及笺而未尽者，作了必要的补充考证，并将其中的一部分撰为《〈汤显祖全集〉笺注订补十四则》，发表于《昆明学院学报》2021年第2期，所涉文章不以是否选入本书为限，有兴趣的读者可参阅之。

作为晚明文豪和政治活动家，汤显祖生平事迹的信息量极为宏富，本书注释所涉虽广，但尽力简明扼要。赏读部分，则重在开掘原典蕴含的人情人性，亦重在艺术鉴赏，视点可多可少，篇幅可长可短，不作面面俱到的分析。

本书分为三卷，共编选汤显祖小品文107篇：卷一，尺牍（77篇）；卷二，序文（24篇）；卷三，杂编（6篇）。每卷各篇按《汤显祖全集》之编年编排，又据《汤显祖年谱》制作"汤显祖年表"附于书末，以便读者查阅。全书或有欠妥和舛误之处，敬请读者不吝批评指正。

壬寅年（2022）三月廿五夜于上海浦东

目 录

卷一　尺牍

与李道甫　/3

答冯具区　/5

别沈太仆　/10

答屠纬真　/12

答吕姜山　/15

答王宇泰太史　/18

答王宇泰　/21

与门人贺知忍　/24

寄高太仆　/27

寄帅惟审膳部　/31

答徐闻熊令　/34

与张东山司马　/37

与帅惟审　/39

寄曾大理　/41

答於彭泽　/45

与帅公子从升从龙　/47

答岳石帆　/49

寄李宗诚　/51

与李宗诚　/53

复刘郡伯　/55

寄章仲明侍御　/57

答佘内斋　/59

答丁右武　/61

答顾泾阳　/63

寄达观　/65

寄马心易比部　/68

答王子声　/70

与袁六休　/72

寄袁小修　/74

奉祭酒戴愚斋先生　/76

答邹大泽　/79

与于中父　/81

答黄贞父　/83

寄李本宁　/84

答赵梦白　/86

答罗匡湖　／89

答许子洽　／92

答李乃始（一）　／96

答李乃始（二）　／100

答费学卿　／103

与李还素　／106

与李九我宗伯　／108

答林若抚　／111

答黄九洛　／114

候王恒叔鸿胪　／116

与门人胡元吉　／118

答黄荆卿　／120

答陆学博　／123

答陆景邺　／125

答高景逸　／128

寄董思白　／131

答凌初成　／133

寄李孺德　／138

答邹宾川　／140

答张梦泽　／142

与孙令弘　／146

答朱公子茂正　／149

答徐然明　/151

与门人叶时阳　/153

复甘义麓　/156

答缪仲淳　/158

与门人余成辅　/160

与余成辅　/162

与幼晋宗侯　/164

寄张圣如蹉使　/167

与沈华东宪伯　/169

与王相如　/171

答吴屺阳　/174

与汪云阳　/177

与宜伶罗章二　/180

寄李季宣　/183

与无去上人　/186

与康日颖　/187

答乐愚上人　/189

答钱受之太史　/191

与喻叔虞　/195

与男开远　/197

卷二 序文

答龙君扬诗序 /201

寄户部周元孚三首序 /205

寄叶明府诗序 /208

赴帅生梦作诗序 /212

梦觉篇诗序 /215

哭娄江女子二首序 /218

诀世语七首序 /222

广意赋序 /228

感士不遇赋序 /231

龄春赋序 /234

秦淮可游赋序 /238

嗤彪赋序 /241

感宦籍赋序 /244

酬心赋序 /247

张氏纪略序 /252

兰堂摘粹序 /257

超然楼集后序 /262

耳伯麻姑游诗序 /267

仪部郎蜀杨德夫诗序 /271

如兰一集序 /275

合奇序　　/279

张元长嘘云轩文字序　　/283

序丘毛伯稿　　/287

徐司空诗草叙　　/291

卷三　杂编

牡丹亭记题词　　/297

溪上落花诗题词　　/302

题饮茶录　　/307

青莲阁记　　/309

宜黄县戏神清源师庙记　　/317

续栖贤莲社求友文　　/325

附录　汤显祖年表　　/331

第八篇

8

怎么运输牛蛙？

卷一 尺牍

破晓循池,梅花早放,
冻雀喧然,
不谓有美人之贻。

与李道甫①

知仙舟今日客满，明当一出。夫用人者，主人之才；为人用者，必非主人也。长者常能诱人，诱于人者，必少年儿也。难动者精奇②，易动者必蚩蚩之民③也。目中谁当语此。

【注释】

①李道甫：李三才（？～1623），字道甫，号修吾。祖籍陕西临潼，寄籍顺天府通州（今属北京）。万历二年（1574）进士，官至户部尚书。万历十三年（1585）李三才任南京礼部郎中，汤显祖任南京太常寺博士，此信或作于是年。

②精奇：非同寻常、见识超常，不为名利所诱者。

③蚩蚩之民：无知的人，即见识不明、惑于名利者。

【赏读】

李三才是晚明政坛的一个风云人物，《明史》本传赞其"英遇豪俊，倾动士大夫"。汤显祖和他志趣相投，在政治生涯中有所交集。万历十一年（1583），御史魏允贞上疏弹劾阁臣张四维、申时行科场徇私，使自己的儿子春试高中，"蹈故相张居正覆辙"，结果被贬为河南许州（今许昌）判官。李三才替其辩护，也被降职为山东东昌推官，而汤显祖虽然中了进士，却因拒绝张、申拉拢，被闲置于礼部观政。他们的挫折，皆因当朝权臣弄权之故。

若非视李三才为同道，汤显祖不会后来还写信和他议论当年朝政。"用"与被用、"诱"与被诱、"难动者精奇"与"易动者必茧茧之民"——汤显祖以两两相对的笔法，揭示朝政的黑暗，表明正人君子始终卓尔不群，绝不会被名利所诱而丧失气节。"目中谁当语此？"此信至此戛然而止，意味深长。

这番议论透露了汤显祖对现实和自我更为深刻的思考，其不堕士风、不改初心的操守尤为值得珍视，其仕途的一路坎坷即可为此作证。无论做官还是做人、身处官场还是日常生活，汤显祖所说的这番道理均有其相通之处。类似的选择每个人都可能面对，从而表现出不同人品的不同境界。

答冯具区①

茱萸馆之色笑，何日能忘②。闻明公已了白义③，更泄玄真④。通辉牛女之河，采妙虚危⑤之穴。二八宝华⑥，等是丈六金身耳。乳母难摩稚佛之顶⑦。仆礼可上人⑧，直是爱其神秀。今便西游峨眉，恐更坐须弥⑨日月隐避处矣。屠长卿⑩轻华覆代，虞淡然⑪弱采⑫映人，徐茂吾⑬疏秀表物，并是飞来、玉泉⑭怀抱之英也。湖上莼丝，山中桂子，大足留连。三公六卿，面目可晓，正恐槐梧⑮望重，薜芰绿轻⑯，采真⑰之兴难终，应化⑱之情易起，则大车冥冥⑲，方倚重于班如⑳矣。岂徒咏素食于且沦，恻寒泉于未收已乎？包君去时，仆方病注㉑，伏枕抽笔，不尽所云。

【注释】

①冯具区：冯梦祯（1546~1605），字开之，号具区，浙江秀水（今嘉兴）人。万历五年（1577）会元，中进士，选庶吉士，授编修。因忤首辅张居正而被罢免，复出后官至南

京国子祭酒。万历二十六年（1598）被劾罢官，移家杭州，筑室于孤山之麓。著有《快雪堂集》等。

②"茱萸馆"二句：此指万历十一年（1583）汤显祖春试，冯梦祯为考官，二人相识之事。二人平生仅此一次谋面。色笑，和颜悦色。

③已了白义：白义，良马名，《穆天子传》所列"八骏"排名第三。借指冯梦祯已离开官场。

④更泄玄真：进入闲散自得的玄妙之境。玄真，道教哲学境界的称谓，亦称妙真。

⑤虚危：星宿名。

⑥二八宝华：皈依佛门，成为居士。二八，佛门有十六罗汉，代指佛门弟子；宝华，寺庙香花，代指佛教。

⑦"乳母"句：释迦牟尼出生七天后其母逝，由乳母抚养长大，乳母为其洗头。见《佛说观佛三昧海经·观相品第三之一》。

⑧可上人：真可，江南佛学大师达观和尚，号紫柏。他因搭救为民请命的南康太守吴宝秀，万历三十一年（1603）死于北京狱中。汤显祖为其方外弟子，"海若士"即其所赐法号之一。

⑨须弥：山名，是佛教小世界之中心，亦称须弥山。此处代指佛教圣地。

⑩屠长卿（1542～1605）：屠隆，号赤水，浙江鄞县人。万历五年（1577）进士，官至礼部主事，蒙诬罢官。著有

《栖真馆集》《采真集》《鸿苞集》《昙花记》《修文记》《彩毫记》等。

⑪虞淡然（1553~1621）：名淳熙，字长孺，号淡（澹）然。钱塘（今杭州）人。万历十一年（1583）进士，历吏部稽勋司员外郎。著有《虞德园集》。

⑫弱采：恬淡的神采。

⑬徐茂吾：徐桂，生卒年不详。长洲（今属江苏）人，移居武林（杭州）。万历五年（1577）进士，官江西袁州推官。

⑭飞来、玉泉：飞来峰、玉泉寺，杭州西湖名胜。

⑮槐梧：喻有声望的公卿。

⑯薜芰绿轻：喻隐士。

⑰采真：语出《庄子·天运》。本指顺乎天性，放任自然，此指有出世之心。

⑱应化：佛教语，指佛随机变化而现身，此指有心向佛。

⑲大车冥冥：大车前进，扬起的灰尘使天昏地暗，比喻仕途难行。语出《诗经·小雅·无将大车》："无将大车，维尘冥冥。"

⑳班如：盘桓不进的样子。此喻蓄力而动，变逆为顺。语出《易经·屯》："六二，屯如，邅如，乘马班如。"

㉑病注：指万历二十六年（1598），汤显祖向吏部告归。

【赏读】

这封信写于万历二十六年（1598），冯梦祯罢官之后。冯梦祯和汤显祖相识于万历十一年（1583），这年汤显祖入京春试，冯梦祯时为翰林院编修，是这次春试的考官之一。他说："汤义仍，仆识之癸未棘中，……义仍华秀，一时之杰。"（《快雪堂集·答费学卿》）二人平生仅此一次相见。冯梦祯非常欣赏汤显祖，汤显祖的《酬心赋序》说，在选拔庶吉士前，冯梦祯曾对其房师沈自邠道："子门中，固无愈汤生者耶？"沈自邠毫不犹豫地作出了肯定的答复。其实这是冯梦祯有意推荐汤显祖，然而汤显祖并未入选。冯梦祯曾为劝阻张居正夺情而被病免，汤显祖亦因拒绝张居正拉拢而两次春试落第，大概冯梦祯因此而对汤显祖怀有好感吧。

罢官后冯梦祯移家杭州，筑快雪堂于孤山之麓，同年汤显祖也弃官归临川，完成了旷世杰作《牡丹亭》。他的信开篇就怀想十五年前在京城相见，这位考官温和的形象，并真诚地说"何日能忘"，可见对于冯梦祯当年的关爱，汤显祖不仅感受到了，而且铭记在心。如今他病伏枕上，想象冯氏罢官后亦佛亦道，亦仙亦隐，出尘绝俗，优雅恬静的心境和生活，设想有屠隆、虞淳熙、徐桂等高人雅士相伴，正好挥发情兴，变逆为顺，字里行间，充满了唯愿其安于林泉的心意，却又隐然担心他不能忘怀轩冕，故隐约暗示"三公六卿，面目可晓"。对于自己因了悟而抛弃的官场人情，汤显祖也只能言尽于此了。

还有一段题外话。那个被大妇不容，独自在孤山住所的冷雨幽窗下，"挑灯夜读《牡丹亭》"，最终抑郁而死的冯小青，就是冯梦祯之子冯鹓雏的小妾。她作了两首题《牡丹亭》的传世绝句，结以"人间亦有痴于我，岂独伤心是小青"。写这封信时，汤显祖并不知道《牡丹亭》对这个闺中女子，竟然产生了如此巨大的震撼力，也不知道这位扬州女子，竟然与冯梦祯有翁媳关系。

别沈太仆①

明公渡江,急不得见。不知明公更得渡江否?虎以懆②亏,龙以静全。花以上披③,根以下存。名不可以多取,行不可以累危。虚④以居之,可以待时。

【注释】
①沈太仆:沈思孝(1542~1611),字继山、纯父,浙江嘉兴人。隆庆二年(1568)进士,万历初任刑部主事,因反对张居正夺情,受廷杖充军到广东神电卫所。张居正死后召回,官至右都御史。
②懆(sāo):古通"慅",躁动。
③披:开放貌。
④虚:虚静,恬淡无为,摒弃功利。

【赏读】
虎因躁动而亏,龙因虚静得全,花开于上,根存于下。不争名利,可以远害;清心寡欲,可以待时;保真自守，可以自全。此信或比喻，或直言，句句精警，可见汤显祖对道家思想运用自如，虽然他并不能够完全付诸实践。

人生的磨难，往往由多种因素构成，个人的性格和品格，与现实产生不可调和的矛盾冲突，大概是正直士大夫最为常见的情形。汤显祖正是从自身涉世以来，接连不断碰到的重重挫折，方知官场之黑暗、仕途之艰险，进而领悟道家处世哲学的真意，并不时作箴言赠人。

沈思孝是以正直闻名的官员，他在仕途上遭受的第一次打击，是万历九年（1581）任刑部主事时，坚决反对张居正父丧不守，以夺情留任，因而受廷杖充军到广东海防神电卫，直到张居正死后才被召回。是书当作于沈思孝被充军时，是慰人，也是自省。

答屠纬真①

读足下手笔,所未能忘怀,是山人口语一事②。天下固有此人,初莫胗③其鸱④也,取之雏鷇⑤之中,生其羽毛,立其魂魄,乍能飞跳,便作愁胡⑥。但我辈终当醉以桑椹,噤其饥啸耳。宁人负我,无我负人。江海萧条,大是群鸥之致⑦。

【注释】

①屠纬真:屠隆(1542~1605),字纬真,一字长卿,号赤水。浙江鄞县人。万历五年(1577)进士,官至礼部主事。万历十二年(1584)削籍罢官。著有《栖真馆集》《昙花记》《修文记》《彩毫记》等诗文传奇。

②山人口语一事:指屠隆万历十四年(1586)后,与内阁首辅沈一贯的叔父、同乡沈明臣交恶。山人,指沈明臣,屠隆在信中称其为"老山人"。

③胗(zhēn):同"诊",察看。

④鸱:鹞鹰。

⑤雏鸐（tuò）：幼鸥。鸐，脱换羽毛。
⑥愁胡：谓胡人碧眼深目，貌似发愁。
⑦群鸥之致：古以"鸥盟"谓隐居江湖与鸥鸟为伴，如有盟约。此指屠隆时已罢官归里，不应与沈明臣交恶。

【赏读】

　　一向诚挚待友的汤显祖，有时也会委婉地表示冷淡，这封信即以这样的方式，回复屠隆的长信。汤显祖对别的朋友说过，屠隆"曾以数千言"投之，而他只"以八行报之"，使屠隆颇觉奇怪（《与刘君東》）。原来是汤显祖在南京礼部任职时，王世贞也在南京任兵部右侍郎，但因为汤显祖反对七子派的复古模拟之风，实际上二人心中各有芥蒂，"不与往还"（《复费文孙》），屠隆却在长信中劝汤显祖："两贤同栖，政不妨朝夕把臂。"（《与汤义仍奉常》）这是汤显祖所不能接受的。倒不完全是因为地位高下不同，汤显祖要特意显示其傲骨，而是因为文学主张不同，他对后七子的首领（包括其弟王世懋）敬而远之。

　　个性无所不在，既压抑不了，也不想压抑，这就是汤显祖。屠隆来信劝他奉承王世贞，实在是大逆其心。他怎么可能浪费笔墨，对此作出详细的答复呢？再者，话说得太直白，怕伤及朋友颜面，倒不如不说。所以汤显祖这封回信很短，并对屠隆之所劝不提一字。然而，此时无声胜有声，其拒绝的态度已相当明显。但对屠隆与同乡沈明臣的无谓纠纷，他还是表明了看法："宁人负我，无我负人！"对这类仗势欺人者，我辈犯不上招惹。既已身处江湖，就当置身世外，善忍无争，自保逍遥。此时身处六朝古都南京的汤显祖，对友人作此番劝世语，绝不是袖手旁观，而是劝其超脱无谓纷争。

答吕姜山^①

寄吴中曲论^②良是。"唱曲当知,作曲不尽当知也"^③,此语大可轩渠^④。凡文以意趣神色为主。四者到时,或有丽词俊音可用。尔时能一一顾九宫四声^⑤否?如必按字摸声^⑥,即有窒滞迸拽^⑦之苦,恐不能成句矣。弟虽郡住^⑧,一岁不再谒有司^⑨。异地同心,惟与儿辈时作磻溪^⑩之想。

【注释】

①吕姜山:吕胤昌,字玉绳,又字麟趾,号姜山,浙江余姚人,生卒年不详。他是汤显祖同年进士(万历十一年,1583),其子吕玉成著《曲品》。

②吴中曲论:指沈璟的《唱曲当知》等著作。沈璟(1553~1610),字伯英,号宁庵,别号词隐,吴江(今属苏州)人。万历二年(1574)进士,官至光禄寺丞。精音律,善南曲,现存《红蕖记》等传奇七种。

③"唱曲"两句:演唱戏曲的人应当知晓音律,而创作

剧本的人则未必全都要懂得。

④轩渠：大笑貌。

⑤九宫四声：指戏曲的九种宫调和平上去入四声。沈璟著有《南九宫十三调曲谱》。

⑥按字摸声：为了遵守格律而限制思想感情的表达。

⑦窒滞迸拽：语言表达阻滞不畅，用词生硬牵强。

⑧郡住：住在郡城。临川是抚州府治所在地。

⑨一岁不再谒有司：万历二十六年（1598）汤显祖弃遂昌令家居，此信写于万历二十七年。汤显祖说，自己这一年多都没有去见过当地官员。

⑩磻（pán）溪：水名，或称为"璜河"，在今陕西省宝鸡市东南。相传姜太公垂钓，在这里遇到周文王。此处借指隐居家乡，不问世事。

【赏读】

"文以意趣神色为主"，这封书信，是汤显祖阐明其主要戏曲理论的重要宣言。戏曲是综合艺术而非案头文学，因此作曲词不是为了满足案头吟咏，而是要供场上演唱。汤显祖不仅深知这个道理，并且"自掐檀痕教小伶"（《七夕醉答君东》）、"自踏新词教歌舞"（《寄嘉兴马乐二丈兼怀陆五台太宰》），亲自上场导演。然而在"意趣神色"与合律依腔的关系上，他主张以"意趣神色"为先，反对以沈璟为代表的苏州戏曲家自以为是地批评《牡丹亭》不合曲律,擅用昆腔来对它进行改写,从而引起了戏曲史上著名的"汤沈之争"。

沈璟不明白,汤显祖之不满,并不是简单的声腔问题。"意趣神色为主"概括了案头场上,戏曲艺术的综合性审美特点。沈际飞说这是汤显祖作"临川四梦"的"得力处"(《独深居点定玉茗堂集》),确乎深得汤显祖之心。"意"即情,情为先,这是决定作品成功与否的首要条件;"趣"是戏曲结构和矛盾冲突的设置,要求灵性充盈;"神"指人物形象的刻画,要求生动传神;"色"指戏曲要有声色之美,才能以情感人。试想《牡丹亭》里若无游园、惊梦、寻梦中那些"意趣神色"兼到的曲子,焉能恣意挥洒世间男女超越生死的至爱真情,让杜丽娘的形象站立起来,震撼当时和后来无数的深闺女性?

汤显祖决不排斥曲律,但他强调以"意趣神色为主",主张突破格律的束缚,反对本末倒置,而"按字摸声"使曲词滞涩不畅,生硬牵强,甚至词不达意,语不成句。我们理解《牡丹亭》的巨大成功和"汤沈之争"的发生,必须注意这个重要的前提。至于沈璟以昆山腔窜改《牡丹亭》,那是古代戏曲发展史上的另一个问题,不赘。

答王宇泰①太史

门下殆真人②耶。世之假人，常为真人苦。真人得意，假人影响③而附之，以相得意；真人失意，假人影响而伺之，以自得意。边境有人，其名曰窃④。人之所畏，吾得不畏哉！仆不敢自谓圣地⑤中人，亦几乎真者也。南都⑥偶与一二君名人而假者，持平理而论天下大事，其二人裁伺⑦得仆半语，便推衍传说，几为仆大戾⑧。彼假人者，果足与言天下事欤哉！然观今执政⑨之去就，人亦未有以定真假何在也。大势真之，得意处少；而假之，得意时多。仆欲门下深言无由矣。门下且宜遵时养晦⑩，以存其真。

【注释】

①王宇泰：王肯堂（1549~1613），字宇泰，金坛（今属江苏）人。万历十七年（1589）进士，选庶吉士，授翰林检讨。降调复出，荐补南京行人司副，官至福建参政。精于医学，著有《证治准绳》《医论》等。

②真人：此犹道家所言任性率真、精神独立自由的人。语出《庄子·大宗师》。

③影响：呼应。

④"边境"两句：语出《庄子·天道》："边境有人焉，其名为窃。"此处引申为不行正道，惯于歪门邪道、断章取义，给人罗织罪名者，也即"假人"。

⑤圣地：此指道家、道教。

⑥南都：南京，汤显祖在此任职八年。文中所说，当为万历十九年（1591）上《论辅臣科臣疏》，被劾降徐闻典史之事。

⑦裁伺：断章取义。

⑧戾：罪。

⑨执政：指当时首辅申时行。

⑩遵时养晦：顺应时势，暂时退隐，以等待时机。

【赏读】

世之假人，常使真人为其所苦。这是汤显祖历经六朝古都的热闹繁华、南京官场的泥泞污淖后，满怀义愤发出的呐喊。这既是特定社会状态下常见的现象，也是人们在日常生活中不时遇到的事情。无独有偶，《红楼梦》太虚幻境中的对联"假做真时真亦假，无为有处有还无"，亦道尽人生的无限感慨。可见真假有无，乃世间迷境，实难看透、实难裁决。

万历二十年（1592），王肯堂作为翰林院检讨上书主张抗倭，被诬以"浮躁"之名而降职，于是称病辞归。去年汤显祖在南京，也被"名人而假者"所害，贬为广东徐闻典史。他在信中教王肯堂姑且顺应时势，退隐以待时机。其实让友人如此，是出于对其保护之心。而他自己执着不变的，却始终是做一个真人的意志，即使明知混迹官场，要做到绝假纯真，则得意处必少，反之则不难青云直上。假人人皆畏之，真人更觉假人之可畏，然而畏之，并不等于改变自己而附和之。

"遵时养晦，以存其真。"信写到此，戛然而止，真假之辨，给人留下无尽思索。

答王宇泰

来教令仆稍委蛇郡县，县或可助三径之资①，且不致得嗔。宇泰意良厚。第仆年来衰愦，岁时上谒②，每不能如人。且近莅吾土者，多新贵人，气方盛，意未必有所挹③。而欲以三十余年进士，六十余岁老人，时与末流后进，鱼贯雁序④于郡县之前，却步而行，伺色而声，诚自觉其不类。因以自远。至若应付文字，原非仆所长。必糜肉调饴，作胡同中扁食⑤，令市人尽鼓腹去，又窃自丑。因益以自远。其以远得嗔，仆固甘之矣。所幸鸡肋尊拳，长人者或为我一呋⑥耳。然因是益贫。田可耕，子可教，利用安身，仆亦有以观颐⑦也。赵真宁⑧书亦语及此，种种情事，悦之⑨兄能为兄详言之。总非楮⑩笔能尽。

【注释】

①三径之资：此谓筹集修建住所的费用。汉代隐士蒋诩，曾在屋前开三条小径，后人因以三径代称退隐。此时汤

显祖居家，故这样说。

②上谒：求见尊长、上司。

③挹：同"抑"，抑制，谦让。

④鱼贯雁序：比喻整齐有序地列队拜见上司。

⑤扁食：饺子的别称。

⑥呏（xuè）：以口吹物发出的声音，此指叹息。

⑦观颐：谓观察、研究养生之道。语出《周易·颐》："观颐，自求口实。"颐，养。

⑧赵真宁：赵邦清（1558～1622），字仲一，甘肃真宁（今正宁）人。万历二十三年（1595）、二十六年（1598）以山东滕县知县赴北京上计，与汤显祖两度相聚。官至吏部稽勋司郎中。

⑨悦之：姓王，金坛（今属江苏）人，汤显祖之友。

⑩楮：落叶乔木，树皮可造纸，泛指纸张。

【赏读】

唐代诗人王勃在其名篇《滕王阁序》中说："老当益壮，宁移白首之心；穷且益坚，不坠青云之志。"汤显祖写这封信时，自然没有王勃当时年轻，但这位"三十余年进士，六十余岁老人"的精神气骨，却与初唐青年诗人笔下的情境相合，或可移来作为明代版有志之士的绝妙注解。滕王阁在江西南昌，汤显祖曾应邀在此观看《牡丹亭》演出，并赋诗《滕王阁看王有信演〈牡丹亭〉

二首》。

　　汤显祖是直节之士,他对自己做人的原则有过一个宣言:"宁为狂狷,毋为乡愿。"(《合奇序》)青壮年时期,家族和本人都对其仕途寄予厚望,而那时的汤显祖,尚且敢于拒绝依附当朝首辅,先是张居正,后是张四维、申时行、王锡爵。如果他肯低头俯就,这些人中哪一个不能让他青云直上呢?然而无论彼时还是此时,汤显祖初心不改。当初无所畏惧,今天对非其类者,同样觉得"益以自远"。就算因此而"益贫",但只要有田可耕、有子可教,又何患无安身之所呢?

　　这纸荡气回肠的文字,出于既老且贫、疾病缠身的汤显祖之手,其风骨遒劲、高标傲世、守其真而保其纯的形象,依然如同青年时期那般鲜明。当坚守本性与世俗功利相抵牾时,取舍之间,最见士人品格。

与门人贺知忍[①]

　　四五年师弟子依依之情，时恍然在目。第风尘路断，出山常难。心铭旧德，枉用相存[②]。每一与言，颓焉短气[③]。使来千里，转见高情。询知履康，同人所慰。至如不佞[④]，既不能留鸡肋于山城[⑤]，又不敢累猪肝于安邑[⑥]。乏绝坎坷，都无足道，时有啸歌自遣耳。便令使者往视养冲[⑦]兄，积怀[⑧]万不及一。

【注释】

　　①贺知忍：生卒年不详，丹阳（今属江苏）人。以乡贡谒选，授文华殿中书舍人。

　　②"心铭"两句：语出曹操《短歌行》："越陌度阡，枉用相存。契阔谈䜩，心念旧恩。"枉用相存，即屈驾问候。

　　③颓焉短气：提不起兴致。

　　④不佞：本指没有才能，用作自我谦称。

　　⑤"既不能"句：指自己弃遂昌知县归乡。鸡肋，喻食之无味，弃之可惜。语出《后汉书·杨震传》："夫鸡肋，食

之则无所得,弃之则如可惜,公归计决矣。"

⑥"又不敢"句:喻不愿拖累主人。典出《后汉书·闵仲叔传》:闵仲叔客居安邑,老病家贫,吃不起肉,日买猪肝一片,卖肉的不肯卖给他,安邑令听说后,命人常给之。仲叔闻知实情后叹道:"闵仲叔岂以口腹累安邑邪?"遂离去。

⑦养冲:姜士曷,字仲文,号养冲,丹阳(今属江苏)人,生卒年不详。嘉靖三十二年(1553)进士,时任江西参政,贺知忍同乡友人。因上疏指责朝政而被降职,此后无心官场,归家隐居。

⑧积怀:长期累积于心的怨恨。

【赏读】

古人云:一日为师,终身为父。其实在老师的心目中,师生之情,同样深沉。旧日"依依",如今"在目",老师这样叙写师生情谊,本已动人,而在汤显祖退隐后,懒见新贵俗吏之时(《答王宇泰》),相隔千里的旧日弟子,却使人前来探望,其间的"高情",就更令人感动了。

孤标傲世的汤显祖,知其困顿贫穷之境,可为知己道,难为俗人言,所以他向弟子吐露了"既不能""又不敢"的两难之境。辞官退隐,君子固穷,这是汤显祖自己无怨无悔的选择,但读之仍然使人鼻酸:"弃官一年,便有速贫之叹","读书人治生,终不可得饶"(《答山阴王遂东》);贫病交加,银钱拮据,"求一避债台而不得"(《与男开远》);"少壮纵横似不贫,白头还是债随身"(《闻瞿睿夫尚留章门眷然怀之》))——汤显祖自述的真实处境,不由人不感叹种种穷愁苦恨,一直纠缠于其后半生。

然而君子固穷,君子固然穷!读到汤显祖豁达地说,"乏绝坎坷,都无足道,时有啸歌自遣耳",我们也放下了为古人而产生的叹息。毕竟,精神的崇高和灵性的趋向,可以超越物质的匮乏,让人从内心获得淡定从容。

寄高太仆①

久不闻问,知履候无爽②。长安贵人③,辄问吾郡荐逸④谁最所知,仆详宣道趣⑤,以为浑金润玉⑥,不宜久委泉石⑦间。第门下一辈人远矣,无知言者。吾乡贵人如短尾羊,裁取自掙⑧,何能庇人。忆与拾芝诸友,倡歌踏舞⑨,备极一时之致,长者时为欣然御之。比来乃为物情周摄所苦⑩。右军云,晚须丝竹陶写⑪。觉少年人磊魂⑫更须也。还布衣于南国,作傲吏于本朝。《春秋》有作,亦何用书"高子来"乎?⑬

【注释】

①高太仆:高应芳,字惟实,江西金溪人,生卒年不详。嘉靖三十二年(1553)进士,嘉靖时官至太仆寺少卿,隆庆时乞假归。神宗初年起武岗(今属湖南)知州,未赴,家居。著有《羊洞遗稿》《谷南集》。是书作于万历十一年(1583),汤显祖中进士后在北京礼部观政,高应芳时弃官家居。

②履候无爽：身体一向健康而无不适。

③长安贵人：此指朝廷权贵。

④荐逸：举荐在野贤士。

⑤道趣：此指发表对所举荐人才的看法。

⑥浑金润玉：比喻优秀人才。

⑦久委泉石：在野，指未做官。

⑧捭（yǎn）：通"掩"，捕取。

⑨"忆与拾芝诸友"二句：抚州人吴拾芝、谢九紫、曾粤祥等好友，曾与汤显祖合作《紫箫记》。此记作于万历五年（1577）至万历七年（1579）。

⑩比来乃为物情周摄所苦：指汤显祖中进士后，当局欲用不用，踌躇不定，安排在礼部观政见习，以俟补缺。个中原因，与他拒绝首辅张四维、次辅申时行之子拉拢，此前又两次拒绝张居正之子有关。比来，近来。物情周摄，谓受到周围各种力量的摄制。

⑪"右军"二句：人到晚年，须用音乐来陶写性情。晋代书法家王羲之，曾任右军将军。语出《世说新语·言语》："年在桑榆，自然至此，正赖丝竹陶写，恒恐儿辈觉，损欣乐之趣。"

⑫磊魂：众石累积貌，比喻胸中充满不平之气。

⑬"《春秋》"两句：意指既让高应芳起官，官职却又很低，以致其弃官。这是用春秋笔法讽刺朝廷用人并非诚意。典出《春秋左传·鲁闵公二年》："冬，齐高子来盟。"

《穀梁传》："其曰'来',喜之也;其曰'高子',贵之也。盟立僖公也。"意为既然盟立僖公,当然要有僖公共盟,但《春秋》并未言及僖公和齐高子共盟之事。

【赏读】

万历十一年(1583),新科进士汤显祖在北京观政礼部,时逢朝廷举荐在野贤士,他当即推荐了犹如"浑金润玉"般的江西同乡高应芳,而后写信告知其事。倒不是他想借此邀功,而是高应芳的确富于才干,且与汤显祖志趣相投,可谓忘年交。嘉靖时期高应芳就在三边立过战功,却在隆庆朝将被皇帝重用时乞假归乡,此后再也没有涉足官场。万历初,他被起用为武岗知州而拒不赴任,与汤显祖之师罗汝芳结社于龙山讲学。

察其信中语,汤显祖知道高应芳的志趣其实不在仕途,他用春秋笔法说往事,为其代鸣不平,也为浇自己胸中之磊魂。说"比来乃为物情周摄所苦",究其实,因缘甚远:二十一岁中举、三十四岁成进士,十三年间四次落第,历经坎坷而金榜题名,却落得个观政礼部,未授实缺。积因成果,皆因得罪当朝权贵,以致其他新科进士踌躇满志,自己却倍感落寞。因为相信高应芳懂得其苦衷,故汤显祖进而感叹:并非如王羲之所说,人到晚年,才须以音乐陶冶性情,青年人胸有磊魂,更须如此啊！由此回忆当年在临川，与同伴好友"倡歌踏舞"，创演《紫箫记》，高应芳欣然光临剧场的情景，仍陶醉于"备极一时之致"的情景。

人在北京，起乡愁、怀故人、忆旧事，刚入仕的汤显祖内心深处，实望像高应芳那样，"还布衣于南国，作傲吏于本朝"，这才是他一面举荐乡贤，一面飞书倾诉心声的原因！然而汤显祖没料到，他最终只实现了前一句，细叩此信末句，即可知其缘故。

寄帅惟审膳部①

人生有限之年，岂给无穷书籍。但用深心取适②于妙。弟去岭海③，如在金陵。清虚可以杀人，瘴疠可以活人。此中杀活之机，于界局何与邪！归苦热瘅④，魄几易宅。痁⑤危之后，身寄转轻。语云："本见而草木节解。"⑥此时然也。兄无甚酒，幸为我留少许情神，相老而嬉。

【注释】

①帅惟审膳部：帅机（1537~1595），字惟审，号谦斋，江西临川人，汤显祖同乡友人。隆庆二年（1568）进士。曾任南京礼部精膳司郎中，时任河南彰德府同知。此信作于万历二十年（1592），汤显祖贬谪广东徐闻后，回归临川时。

②深心取适：寻求发自内心、适合心性的生活方式。

③岭海：指汤显祖被贬为广东徐闻典史。

④热瘅（dān）：中医所谓热症、热毒。

⑤痁（shān）：疟疾。

⑥"语云"句：草木枝叶凋残脱落。语出自《国语·周语》："天根见而水涸，本见而草木节解。"

【赏读】

"吾生也有涯，而知也无涯，以有涯随无涯，殆已！"（《庄子·养生主》）对于庄子这话，我们往往断章取义。其实庄子的意思是，盲目地以有限求无限，是危险的。关键是要分辨清楚求知（道）的目的何在？合道者多多益善，悖道者宁缺毋滥！与庄子的语意相近，汤显祖这封信开篇的"人生有限之年，岂给无穷书籍"，亦不能与"但用深心取适于妙"分开来讲。他从小苦读，可谓"读书破万卷"，然而在遭遇人生又一个重大挫折——从风华绝代、人文荟萃的南京，被降职贬官到广东徐闻做典史时，汤显祖恍然开悟：读书的目的在于追求真知，即跳脱书本，在任何境遇中，都能够从容淡定地面对现实，让发自内心的灵性之光，照亮变幻莫测、坎坷不平的人生。

万历十九年（1591），汤显祖上《论辅臣科臣疏》抨击时政和当朝权贵，一时轰动朝野，直接后果虽然是被贬谪岭南，但这个时期的汤显祖，经历了南京七年仕宦生涯的洗礼，无论是思想的深化，还是心态的豁达，都非往日可比。他用乐观的天性，对待其人生的又一个逆境，以潇洒的姿态，消除岭海与金陵之间的巨大落差，成功地破解了人生之"界局"，并要老友"为我留少许情神，相老而嬉"。贬谪岭南的过程，不仅没有压倒汤显祖，反而让他领略了书本之外的无限风光，开阔了人生的眼界格局，为其旷世杰作《牡丹亭》，作了人文和景观的深厚积累。汤显祖真是把苦难化作沃土，培育了其人生必然绽放的生命之花。

　　求知无涯，人生有限。应当怎样让有限的生命，融于无限的真知？应当怎样在逆境中保持发自内心、适合性情的生活方式？"深心取适"，汤显祖给了我们一个深刻的启迪。

答徐闻①熊令②

疏愚之资，孤焉瘴海。天幸得挹③长者卷卷④。还乡病起⑤，更辱远谕，乃至处以餐钱。徐闻几许闲田，添尉一口，可谓荒饱⑥矣。九日欲吊长沙，怀湘而雷⑦，一宿贵生书院⑧，视海上人士自贵其生何如也。万里炎溟，冰雪自爱。

【注释】

①徐闻：明代属广东雷州府，今属湛江。万历十九年（1591），汤显祖被贬为徐闻典史，入徐闻前回临川小住，信作于此时。

②熊令：熊敏，江西新昌（今宜丰）人，生卒年不详。万历十七年（1589）进士，任徐闻知县。

③挹：授受，承受。

④卷（quán）卷：真挚诚恳貌。也作"拳拳""惓惓"。

⑤还乡病起：指汤显祖已被贬官徐闻，过临川时回家，因患疟疾小住。

⑥荒饱:无功受禄,苟享安乐。

⑦"九日"两句:长沙,代指汉代文学家贾谊。他被贬为长沙王太傅,世称贾长沙。汤显祖被贬徐闻,与贾谊的遭遇相似,故云"欲吊长沙,怀湘而雷"。雷,雷州,徐闻为其属县。

⑧贵生书院:在徐闻县城之北,当地县衙为汤显祖建设并由其命名,见《与汪云阳》。此或指他到徐闻之前,已知其事并已为书院命名。

【赏读】

离开衷心喜爱的南京,被贬徐闻的汤显祖溯流长江,先回江西临川省亲。这既是他对父母和家人的交代,也是对自己心灵的抚慰。时任南京国子监司业的好友刘应秋,深知汤显祖的心意,他来信说:

六月初,计已为宁。见两尊人情景何似?此中须有一段真精神感通处,不无苦心。古来贤豪,遭际有顺有不顺,然在尊者之心莫不真爱在。吾为人子之心,则贻亲令名乃为真孝。以此为锻炼,为玉成,安往而不得顺。除家庭骨肉外,世上厌羡冰炎种种态状,直可一笑尔。不足挂胸臆也。(《刘大司成集·与汤若士》)

没想到汤显祖抵家即患疟疾,有诗《辛卯夏谪尉雷阳,归自南都,苫疟甚。梦如破屋中,月光细碎黯淡,觉自身长仅尺。摸索门户,急不可得。忽家尊一唤,霍然汗醒二首》记之。可见,遭遇挫折而又患病时,人在父母身边,才能获得的安全感,对于汤显祖强烈到何种程度!亲子间的"一段真精神感通处",莫过如此。

人尚未行,徐闻知县的书信已到。汤显祖的回答,诙谐中带着几许沉郁,自嘲中含有几分风趣。但由于言对新交,话说得不似对知交那样直白,意在言外,凭君解悟。"万里炎溟,冰雪自爱。"写信人尚未启程,其气度节操和自律精神,已呈现于八字之中。

与张东山^①司马

读门下制作,掞^②敬亭^③之秀色,写春谷之鸣泉,恨风尘缅邈,不得过西昌^④一听弦歌^⑤,南国^⑥再酬言笑也。禹金^⑦近有新声否?一水蒹葭^⑧,曷任延伫。

【注释】

①张东山:张应泰,字大来,自号东山,泾县(今属安徽)人。万历二十年(1592)进士,授江西泰和知县,万历二十五年(1597)离任。汤显祖则于万历二十年离任徐闻典史,次年量移遂昌知县,万历二十六年(1598)弃官。张诗当寄于这段时间,汤随即答以此书。

②掞(shàn):舒展,铺陈。

③敬亭:山名,在宣城(今属安徽)北。

④西昌:泰和的别称。

⑤弦歌:比喻官员用礼乐教化人民。出于《论语·阳货》:"子之武城,闻弦歌之声。"时子游为武城宰,故后人又以"弦歌"指出任邑令。张应泰时为泰和知县,汤显祖故

谓之。

⑥南国：此指广东徐闻，此时汤显祖已调离。

⑦禹金：明代戏曲家梅鼎祚，字禹金，号胜乐道人，宣城（今属安徽）人，汤显祖之友，与张东山交游。

⑧一水蒹葭：喻久久思念而不得相见。语出《诗经·秦风·蒹葭》："蒹葭苍苍，白露为霜。所谓伊人，在水一方。"

【赏读】

越岭渡海，远离故土，汤显祖被贬谪广东徐闻的岁月，如白驹过隙匆匆逝去。此时接到泰和县令张东山的来信，浮现在他眼前的，是宣城敬亭山的秀色，那在春山中奔流的清泉，淙淙流水，其声在耳。

李白《独坐敬亭山》云："相看两不厌，只有敬亭山。"敬亭山之秀美，汤显祖早在万历四年（1576）就已亲赏，与宣城戏曲家梅禹金也是在这里结识。他们曾在开元寺秉烛夜游，又上敬亭山俯瞰松关（《别沈君典》），那时大家流连忘返，焉知不是李白性灵的感召？

人生聚散无常，离别岁月漫漫，实际上连旧地也难重游，同道友人之间的意气，因而弥足珍贵。在岭南向故乡的新县令，问声旧友近来可有新声？一水之隔的惆怅，或可得到些许释然。汤显祖回信，就这样把深沉的情思，挥洒在绵邈空灵的诗意中。

与帅惟审^①

满堂溪谷风松,弦歌嗒尔^②,时忽忽有忘。对睡牛山^③,齁齁一觉,稍闻刘、顾二君子前后见推^④,几逢其怒。执政者^⑤太执乎!得天下太平,吾属老下位,何恨。

【注释】

①帅惟审:帅机(1537~1595),字惟审,汤显祖同乡友人。此信作于汤显祖遂昌知县任上。

②嗒尔:同"嗒然",形容物我两忘之状。

③睡牛山:在浙江遂昌县衙对面。

④刘、顾二君子前后见推:刘,刘应秋;顾,顾宪成。万历二十一年(1593),汤显祖量移遂昌知县后,刘应秋来信告知,顾宪成前头推其复南京礼部旧职未成,近日极欲改调他做南太仆丞、南刑部主事,也皆不成。

⑤执政者:指首辅王锡爵。刘应秋来信说,不知王锡爵为什么不喜欢汤显祖。

【赏读】

万历十九年（1591），汤显祖上《论辅臣科臣疏》得罪当朝权贵，因而被贬官徐闻，远离南京。这番仕途风雨，延续的时间并不长，前后不过大半年时间。万历二十一年（1593），汤显祖量移遂昌知县。徐闻辽阔的海天，转眼间变成青山环抱，溪谷中松风徐来，山民弦歌互答，民风淳朴的乡野。置身其间的知县汤显祖，恍若忘却了官场的黑暗，超越了仕途的烦恼，悠然对山，沉入梦乡。治下和自身当下的状态，是汤显祖用道家清净无为之法，治理遂昌思想和效果的表现。

然而，这并不完全是汤显祖此信想要表达的情景，不过是对知己诉说愤懑的铺垫而已。他并非嫌弃县官的品位太低，而是对自己有更大的期许，所谓"神州虽大局，数着亦可毕"（《三十七》）。但蹈厉之性与屈伸自如，汤显祖从来都不能得兼。他既要秉持骨气而不惧得罪权贵，就势必为仕途埋下隐患，所以纵有同道"前后见推"，设法让他回归南京，却终因"执政"阻挠而未成。

"得天下太平，吾属老下位，何恨。"激愤之气，隐约于字里行间，而以反语出之，也正是在这些看似无谓之处，表现出汤显祖的无奈与不甘，从而让我们体会到，为坚守高洁的品格，其内心经历过怎样的矛盾和痛苦。

寄曾大理①

诸公并建牙②以出，而门下岿然在京。知深慈广智，大修行人何地不为福田③？正不在区区王舍城④耳。士和兄精进何若⑤？妄意"随时"之义⑥，惟冲惟默⑦。冲生智，默生威，冲不默不凝，默不冲不韵。馆阁师儒，体势尤堪清重⑧。至如不佞⑨，割鸡之材⑩，会于一试，小国寡民，服食淳足。县官居之数月，芒⑪然化之，如三家疃主人⑫，不复记城市喧美。见桑麻牛畜成行，都无复徙去意。偶怀西音⑬，陈其下意，药草有喻，伫惟便风。

【注释】

①曾大理：曾同亨（1535~1607），字于野，江西吉水人。嘉靖三十八年（1559）进士，授刑部主事，曾任大理寺卿。此信作于汤显祖遂昌知县任上。

②建牙：古代指出师前树立军旗，引申为武臣出镇。

③福田：指行善积德之举。佛教认为行善积德，能享福

报,犹如播种耕田,秋来收获。

④王舍城:古印度佛教圣地,释迦牟尼的传教中心之一。梵名曷罗阇姞利呬城,遗址在今印度比哈尔邦巴特那之南。

⑤士和兄精进何若:刘应秋(1547~1620),字士和,江西吉水人。万历十一年(1583)探花,汤显祖同年进士,授翰林院编修,迁南京司业。历右庶子、祭酒,引病致仕。精进,努力进取。此指万历十八年(1590)冬,疏论首辅申时行,并触及次辅王锡爵。时主事蔡时鼎、南京御史章守诚亦疏论申时行,奏章都被皇帝留在宫中,既不交议,也不批复。

⑥"随时"之义:顺应自然、顺时而行。

⑦惟冲惟默:犹"冲默"。冲,淡泊;默,宁静。

⑧"馆阁"两句:指朝中大臣,形象和气度尤其要清雅庄重。

⑨不佞(nìng):不才,自谦语。

⑩割鸡之材:割鸡,杀鸡。典出自《论语·阳货》:子游做武城宰时,提倡以礼乐教化百姓,孔子笑曰:"割鸡焉用牛刀。"后以"割鸡"喻县令。时汤显祖任遂昌知县。

⑪芒:通"茫"。

⑫三家疃(tuǎn)主人:比喻偏僻山村之人。疃,山村。

⑬西音:指佛教思想。

【赏读】

遂昌风景优美,恍若世外桃源。然而量移到此地做知县,并不符合汤显祖的心愿。经历了贬谪徐闻的挫折后,他最大的愿望,是重返积淀了数代人文风流,又远离北京官场那般纷扰的陪都南京,去实现为朝廷著记典则的理想。虽然事情不如人意,他却不能不努力继续前行。"偶来东浙系铜章,只似南都旧礼服。"(《即事寄孙世行吕玉绳二首》其二)与南京擦肩而过的失落感,我们在其诗中不难品味出来。好在位于浙东万山丛中的遂昌,给他的印象尚好:"即事便成彭泽里,何须归去说桑麻。"(《即事寄孙世行吕玉绳二首》其一)汤显祖暂时放下心事,以道家安之若素的心态,用其清静之策治理这个小小的县城。息诉讼、罢桁杨、减科条,诸事一件件实施,所行甚得民心,"一时循吏声,为两浙冠"(邹迪光《临川汤先生传》)。

万山丛中,汤显祖幽默风趣地自喻为三家疃主人。做县官几个月后,在他治理下的遂昌,呈现出一派宁静祥和的景象,知县显然也以陶渊明自居,拟在这里实现桃源理想。汤显祖在遂昌厉行农耕的风气,一直延续至今。2011年,几百年前由他兴起的鼓励农桑、劝农勤耕的班春劝农仪式,被列入国家非物质文化遗产保护名录,其主要的文献依据,就是汤显祖以亲身经历为范本,在《牡丹亭》中写下的《劝农》一出,以及他在遂昌任上写下的多首诗歌。迄今遂昌每年春耕之前,官民都要同举这一盛典。2011年4月,"汤显祖-莎士比亚文化高峰论坛暨汤显祖和晚明文化学术研讨会"与"汤显祖文化节"同时在遂昌举办,与会学者观看了班春劝农仪式。仪式开始后,当年的知县"汤显祖"上香、跪拜,祈求今年风调雨顺,五谷丰登,而后由现任县长诵读祭文,之后新旧知县一同走下台来,为村民插花、递酒、赠春鞭(杨柳枝),春耕随之开启。

四百多年前的汤显祖自然不能想象,在他治理过的这片土地上,如今还会有人扮成他的模样,重演班春劝农场景。抛开自己在官场上的失意,这位造福一方的明代县令,永远活在遂昌百姓的心中。这是人们对不以个人得失为意,以民为本、勤政爱民、有所作为的地方官最高的褒奖。为官一任,造福一方,人生有如此成就,让后人世代铭记,夫复何憾!

答於彭泽^①

门下遂翩翩望彭泽而去，为人师，可以为人长。江湖未远，门下宜流清惠之音，陶先生柳^②，便是去后棠阴^③也。

【注释】

①於彭泽：於可成，浙江仁和人，生卒年不详。时以江西遂昌教谕升迁为彭泽知县。此信作于汤显祖遂昌知县任上。

②陶先生柳：指东晋陶渊明归隐田园，在宅前种了五棵柳树，自号五柳先生，作《五柳先生传》。

③棠阴：棠树之荫，比喻良吏的惠行、惠政。

【赏读】

人使地著名，地因人成胜。在江西，陶渊明之于彭泽、王勃之于滕王阁、李白之于庐山、汤显祖之于遂昌……此例甚多。陶渊明做彭泽县令仅仅八十余日，即因不屑为五斗米折腰，弃官躬耕田园，再也没有踏上仕途。彭泽，却因陶渊明而闻名天下，成为一个历史文化符号。

汤显祖对信中荣升彭泽知县的旧属下、原遂昌教谕於可成冠以"彭泽"之号，意在告诫之、警醒之。陶彭泽吟着"归去来兮！田园将芜，胡不归"离去，於彭泽却是"翩翩望彭泽"上任，身为现任遂昌知县的汤显祖，岂不知陶、於两个"彭泽"的路径全然相反，但他认为归隐可以是个人的事，用世却要胸怀天下，出以公心。於可成之"为人师"与"为人长"，虽然身份不同，前者为教人，后者为抚民，但职责同样重要。

所以汤显祖特别告诫於彭泽：做地方官，宜执"清惠"二字。这既是汤显祖在遂昌为官的信条，也是他对彭泽新县令的殷切期望。他深知，陶渊明崇尚自然的心性，身为地方官者只能心向往之，好官与隐士，不可得兼。因此为官一任，当以为民造福为念，要留"去后棠阴"。此言何止足令於彭泽警惕其行，亦足以让古今地方官深以为念！

与帅公子从升从龙[①]

谒上官不得意,忽忽[②]思归,辄思惟审。或舟车中念及半生游迹,论心怆世,未尝不一呼惟审也。惟审仙去,里中谁与晤言,浪迹迟归,殆亦以此。惟审古诗文必传,何须世人夸录。当为去存之。《紫钗记》改本寄送惟审繐帐[③]前,曼声歌之,知其幽赏耳。

【注释】

①帅公子从升从龙:从升、从龙,是汤显祖忘年交、平生最投合的知己帅机(惟审)的两个儿子。帅机万历二十三年(1595)七月卒,此信作于是年。

②忽忽:失意貌。

③繐(suì)帐:死者灵前的帏帐。

【赏读】

帅机年长汤显祖十三岁,是其平生知己,他们相交之深、情意之笃,达到"两人同心,止各一头"(《赴帅生梦作》）的地步。所以，凡遇郁闷不平事，汤显祖总是首先想起他。

万历二十三年（1595）春，汤显祖赴京上计，无故被人中伤，幸亏朝中有官员仗义执言，才让他继续留任遂昌县令。"大计"是明朝对外官三年一次的考察，升官、免职、惩处，都以其所得考语来决定。留任遂昌，绝对不是汤显祖想要的结果，但不幸而被命中。七月帅机去世，更令汤显祖痛心。惊闻噩耗，他给帅机之子从升、从龙，寄去这封吊唁信。

汤显祖追忆知己，从自己晋京上计、失意南归的心情起笔，自然地回想到在其半世生涯中，"论心恸世"，没有什么不能对帅机倾诉的。而如今知己仙去，自己从此恐将"浪迹迟归"，不会急于返回故乡了。此时唯寄送《紫钗记》的改本于知音灵前，"曼声歌之，知其幽赏耳"。汤显祖的沉痛之情，发自内心，宣于言表。逝者已矣，生者何堪？对这人生难以忍受的痛苦，他久久不能释然，在另一封信中说："家严不许不官，加以帅郎仙去，归亦茕茕，不如游寓。"（《答邹大泽》）

平生知己，一纸唁函，寥寥数语，语短情长。读完信，谁能不为帅机庆幸？谁能不为汤显祖伤怀？谁又能不对这样的知己心怀向往？

答岳石帆[①]

兄书，谓弟不知何以辄为世疑[②]。正以疑处有佳。若都为人所了，趣义何云？似弟习气矫厉[③]。蚩蚩者[④]故当忘言，即世喜名好事之英[⑤]，弟亦敬之[⑥]，未能深附也，往往得其疑。世疑何伤，当自有不疑于行者在。

【注释】

①岳石帆：岳元声（1557~1628），字之初，号石帆。浙江嘉兴人，汤显祖同年进士（万历十一年，1583）。万历二十四年（1596），以工部都水司员外郎中参兵部尚书石星，谪为民。此信或作于是年。

②疑：质疑，指汤显祖因屡次拒绝权贵拉拢而遭受挫折。

③矫厉：指超越于世俗情理的言行。

④蚩蚩者：无知的人，犹见识不明，惑于名利者。

⑤英：才干出众的人，这里指有权势者。

⑥敬之：敬而远之。

【赏读】

　　人生何处无疑？只恐被人疑而不明，更恐自己疑而不决。二者皆徒乱人意，前者更非常人所能承受。汤显祖却说"疑处有佳"，令人惊叹其非常之思。汤翁的奇思来自性灵，来自气骨。他认为"疑"之"佳"处，在于有"趣义"。人若不被世疑，那生活也就失去了趣味和意义。

　　然而，要真正领略"疑处有佳"，就必须像汤显祖那样，具有独立不倚的人格，不依附于权贵、不妥协于现实，坚定不移地相信，"当自有不疑于行者在"，即相信公道自在人心。有如此胸怀的人，"世疑何伤"！

寄李宗诚^①

狱中出丰城之剑^②，晦益冲天。如见罗^③真是奇男子，便有此奇幸。人生精神不欺，为生息之本，功名即真，犹是梦影，况伪者乎！兄与兑阳^④居，必有启发坚凝之益，恨远莫为助耳。

【注释】

①李宗诚：李复阳，字宗诚，江西丰城人，生卒年不详。万历十一年（1583）进士，授无锡（今属江苏）知县，在任上辑刊其师李材《李见罗书》二十卷。万历十七年（1589）升调吏部。

②丰城之剑：丰城狱底埋藏着龙泉、太阿两大名剑。《晋书·张华传》："（雷）焕到县，掘狱屋基，入地四丈余，得一石函，光气非常，中有双剑，并刻题，一曰龙泉，一曰太阿。"后世因而以丰城剑赞美杰出人才，或有待被发现的人才。

③见罗：李材（1529~1607），别号见罗。江西丰城人，

嘉靖四十一年（1562）进士。官至湖广郧阳（今属湖北）巡抚，万历十五年（1587）十一月郧阳兵变，罢官。次年被弹劾，下狱五年。万历二十一年（1593）四月，始命戍福建镇海卫。所至聚徒讲学，人称见罗先生。这年三月，汤显祖就任遂昌知县，信或作于此际。

④兑阳：刘应秋别号。江西吉水人，万历十一年（1583）汤显祖同年进士，探花，授翰林院编修，万历十七年（1589）迁南京国子监司业。

【赏读】

"不欺"，是中国文化传统对个人品德修为的一个基本要求。不欺人、不自欺，是君子风范；自欺欺人，则是小人行径。"不欺"虽然表现在行为上，究其实则缘于精神境界的崇高。唯其如此，人可以进而不被世事所欺，但这是就一般人而言。

汤显祖把"精神不欺"，上升到"生息之本"，直指功名之真伪，这就揭示了其独特的内涵：即使功名为"真"，亦"犹是梦影"，其伪何堪！故得之、失之，皆应淡然处之。这是批判现实政治，也是其通达人生观的表现。

与李宗诚①

山公早遂山中②,真是寥廓冥冥,众让前识。但山中自有山中作用,若空度许时,处不如出矣。知兄道念重,敢言之。弟一推南礼,再阻南刑③,养拙括苍④,殊快。执政不为不知己也。吏部郎比⑤复少人,吾乡刘直洲⑥差强人意耳。

【注释】

①李宗诚:李复阳,字宗诚,江西丰城人,此信作于万历二十一年(1593)汤显祖遂昌知县任上。

②山公早遂山中:时李复阳或已自吏部罢官归丰城故里。

③一推南礼,再阻南刑:右副都御史王汝训为汤显祖谋复南京礼部故官,不成;顾宪成再为汤显祖谋任南京刑部主事,亦不成。

④养拙括苍:"一推""再阻"之后,汤显祖于万历二十一年任遂昌县令,故曰"养拙"。括苍,处州的古称(今浙

江丽水），遂昌县隶属处州府。

⑤比：比部，即刑部。

⑥刘直洲：刘文卿，字徯如，号直洲，江西广昌人。生卒年不详。万历十七年（1589）进士。擢吏部主事，后改刑部，复调南京兵部。未几卒，年三十三。有《直洲集》十卷。

【赏读】

达则兼济天下，穷则独善其身。依违于儒道哲学之间，为身处逆境时求得心理平衡，以从容应对仕途的挫折，这是传统士大夫走出人生困境的有效之举。更为重要的是，遇到逆境时，要安之于"山中"，处以虚静而避免躁动，为逆袭做好充分的准备，汤显祖把这称之为"养拙"。

"养拙"山中，一般有两种情况：一是罢职退隐乡里，一是屈就低下职位。此时李复阳处于前者，汤显祖则处于后者，他回朝从事"馆阁典制著记"（《答张梦泽》）的理想一再受阻，只好屈居于遂昌知县的职位，以清静无为的思想治之。此举虽然甚得民心，汤显祖也只是将其作为历练才干之地，以待有朝一日实现回朝理想。人生一再受挫，却能够虚静其心，待时而动，对人称"殊快"。汤显祖怎样走出逆境的？这是一个有意义的范例。

复刘郡伯[①]

辱以郡乘下询。意三十年中人物,皆在耳目之前。乡贤官以媚人,何得依乡作传?名宦人以媚官,未审以何而名?大可忘言,细复何述?若兵食杂志,只取各县规条,浃[②]夕而成,又无需立局也。

【注释】

①刘郡伯:刘世节,湖广华容(今属湖北)人,生卒年不详。万历十八年(1590)任抚州知府。

②浃(jiā):整个的。

【赏读】

此信论何为乡贤。乡贤,指地方上品德才学俱佳,为乡里作过贡献,因而为人尊崇者。他们既是乡民行为的典范,亦是乡风的表率,更是地方历史文化的重要积淀。乡贤一词,在唐代刘知己的《史通·内篇》中就已出现:"邑老乡贤,竟为别录。"《杂说》又对其内涵有所说明:"郡书者,矜其乡贤,美其邦族。"

  一般认为,明代是乡贤文化的形成时期。据《钦定续通志·金石略》),明代洪武十一年(1378),即有徐一夔撰《乡贤祠记》碑刻;明太祖朱元璋第十六子朱㮵,则在其《宁夏志》中列入乡贤编。观汤显祖之言,是抚州知府请他看乡贤录,他因而直率地提出了推举乡贤的道德标准:在其位不得"媚人",不在其位不得"媚官"。一句话:贤良方正,以正直为首。这也就是其所谓"立局"之意。汤显祖的标准,对乡贤文化的发展趋向、乡土道德风尚的影响,具有重要的历史意义。

寄章仲明①侍御

大疏见示,俱经世大略,且不激不随②,使人心服。昔人云,悾悾③为忠,未有反见罪者也。山城陁塞,无缘一望帝城为怅。至于世寄,可与悠然。悠然之心,差可寄世。

【注释】

①章仲明:仲明,或为章守诚之号,字念清,会稽(今浙江绍兴)人,万历十一年(1583)汤显祖同年进士,授桐城令,以政绩考核最优,召拜南台御史。官至广东参政,引疾致仕。此信作于汤显祖遂昌知县任上。

②不激不随:遇事谨慎沉稳,不冲动生气,也不随意附和。

③悾悾:诚恳貌。语出《论语·泰伯》:"悾悾而不信,吾不知之矣。"

【赏读】

　　万历十九年（1591），时任南京礼部祠祭司主事的汤显祖、时任南京御史的章守诚（仲明），皆因上疏纠弹朝臣而被贬谪到边地。汤显祖贬做广东徐闻典史，万历二十一年（1593）春，量移遂昌知县。此任并非其本愿，无奈受阻，不能回南京，故收到章守诚来信后，他回复说自己以"无缘一望帝城为怅"，实为表明同道之义。

　　应当如何应对时世的不平呢？汤显祖赞美章守诚"经世大略，不激不随"，他开出的方子与此殊途同归："悠然之心，差可寄世。"闲适自得，谓之悠然，但此悠然不同于汤显祖之悠然，他自己并没有做个闲适之官，而是以道家清静无为的方针施政于民、造福遂昌（《答李舜若观察》）。他认为失意时忘怀得失，积极面世，力求有所作为，即是以悠然之心寄世。这正是汤显祖为官一任，在遂昌千古流芳的缘故。

答佘内斋①

仆二十年来去池阳②,观明公潇洒温藉③,自足留人。平昌④拥万家为长,含峰漱谷,大类五松⑤。风谣近胜,琴歌余暇,戏叟游童,时来笑语。当其得意,不知陈真长未得为三公也。

【注释】

①佘内斋:徐朔方笺校《汤显祖全集》:"余"当作"佘",万历二年(1574)进士登科隶迹如是,从之改。佘内斋,即佘毅中,池州铜陵(今属安徽)人,生卒年不详。万历二年(1574)进士,授工部主事。此信作于汤显祖遂昌知县任上。

②池阳:今安徽池州的别名。

③温藉:犹宽容大度。温,通"蕴"。

④平昌:浙江遂昌的别名。

⑤五松:今安徽铜陵。

【赏读】

汤显祖诗云："长桥夜月歌携酒，僻坞春风唱采茶"；"村歌晓日茶初出，社鼓春风麦始尝"。(《即事寄孙世行吕玉绳二首》) 我们不妨把他诗中对遂昌的描写，与这封书信对读："拥万家为长，含峰漱谷"；"风谣近胜，琴歌余暇，戏叟游童，时来笑语"。山中小城的桃源美景，被知县描绘得诗意盎然，如在目前。

汤显祖对遂昌桃源风光的描写，从一个侧面表现了其与民亲和、与民同乐的施政策略。在他看来，县官不是高高在上的官老爷，而是随时可以走到村民当中，对待他们犹如家人的父母官。汤显祖在政治舞台上的这一形象，如此亲切地呈现在这封信中，给当时和后世的人们，都带来了温暖平和、怡然恬淡的感受，可谓一幅趋于完美的为官图、一卷官亲民悦的风情画。

有这样的父母官，大抵普天之下，莫非乐土，率土之滨，不见刁民。

答丁右武[1]

乱世思才,治世思德,惟中世[2]无所思。然吾辈不能不为世思也。高卧北窗[3],亦何可便得。

【注释】

[1]丁右武:丁此吕,字右武,又字勺原,江西新建县(今属南昌)人,生卒年不详。万历五年(1577)进士,由漳州推官征授御史,历任太仆寺丞、浙江布政使司右参政。万历二十一年(1593),为汤显祖刻《粤行五篇》。按此信当作于万历二十三年(1595),是年大计,丁此吕以"不谨"的考评论黜,谪戍边地。

[2]中世:指平庸得令人难以有所作为的时代。

[3]高卧北窗:悠然自得貌。语出东晋陶渊明《与子俨等书》:"常言五六月中,北窗下卧,遇凉风暂至,自谓是羲皇上人。"

【赏读】

在万山丛中做遂昌县令时，陶渊明的桃花源理想，颇为汤显祖所认同。他的遂昌诗歌、信札，以及弃官当年完成的《牡丹亭》，无论是风物描写，还是情感抒发，都多处表现了这一心态。然而对汤显祖的"效陶"之心，还需联系他对自己所处社会的认识来看，才能不流于肤浅的理解。这封仅三十三个字的书信，表现了汤显祖深刻的思想。

对于晚明的社会现实，汤显祖评价一向不高，并且充满了郁愤之情，这决不仅仅因其个人遭遇所致，其中还有泰州学派思想的影响。与唐代的"有情之天下"相比，他说晚明是"有法之天下"（《青莲阁记》）。这封书信则说"乱世思才，治世思德，惟中世无所思"。"中世"，是他对晚明政治的定位，即晚明是平庸到让人想有所作为而不能的时代！

汤显祖之笔，抑扬褒贬，无所顾忌。但他虽然判定自己身处"无所思"的"中世"，却又认为"吾辈不能不为世思也"，因而不甘"高卧北窗"，而要有所作为。这样的思想，身处乱世的陶渊明虽有，却只能沉潜于心，而汤显祖则可奋力行之于世，进而治理好遂昌。这表现了不同时世、不同个性，对个人主观意识所起的限制作用。

答顾泾阳^①

从红泉碧涧中，得门下手书，可谓真切之教。仆虽愚鄙，奉以周旋，无敢自外。第年来多病，心目愦愦。所幸高堂健饭，稚子知书，斑斓之色^②，吾伊^③之声，差慰^④晨夕耳。余无足为门下报者。春水吴云，徒深天际之想。

【注释】

①顾泾阳：名宪成（1550~1612），字叔时，号泾阳，无锡（今属江苏）人。万历八年（1580）进士。万历二十二年（1594）任吏部文选司郎中时被革职归乡，创办东林书院讲学，为东林党领袖。作此信时顾宪成、汤显祖均已罢官居家。

②斑斓之色：比喻孝养父母，亦称"彩衣"。《艺文类聚》引《列女传》："老莱子孝养二亲，行年七十，婴儿自娱，着五色斑斓衣。"

③吾伊：读书声。宋代黄庭坚《考试局与孙元忠博士竹

间对窗,夜闻元忠诵书声调悲壮,戏作竹枝歌三章和之》:"南窗读书声吾伊,北窗见月歌《竹枝》。"

④尉:通"慰"。

【赏读】

万历二十一年(1593)三月,汤显祖从广东徐闻量移遂昌知县后,时在朝廷任吏部文选司郎中的顾宪成,曾经三荐其复官南京礼部,皆不成(刘应秋《刘大司成文集·与汤若士》)。但事虽不成,二人之间却长期保持联系。在他们都罢官家居时,仍在书信中真诚地交谈,此信为其中一例。

汤显祖说其"心目愦愦",自然不只是因为"多病",而是指万历二十六年(1598),他从遂昌弃县令家居两年后,竟然还在对地方官三年一次的考核中,被朝廷处以罢职闲住。如何排遣其愤?他说唯有晨昏朝夕,上养高堂,下教稚子。"所幸"云云,欣慰胜于愤懑,无奈多于无望。结以"春水吴云,徒深天际之想",更于纷扰世事之外,见说道,人间尚有真情在。

寄达观^①

情有者理必无，理有者情必无^②。真是一刀两断语，使我奉教以来，神气顿王^③。谛视久之，并理亦无，世界身器，且奈之何。以达观而有痴人之疑，疟鬼^④之困，况在区区^⑤，大细都无别趣。时念达师不止，梦中一见师，突兀笠杖而来。忽忽某子至，知在云阳^⑥。东西南北，何必师在云阳也？迩来情事^⑦，达师应怜我。白太傅^⑧、苏长公^⑨，终是为情使耳。

【注释】

①达观（1543~1603）：名真可，字达观，晚号紫柏，晚明四大高僧之一。俗姓沈，吴江（今属江苏）人，十七岁出家，广研经教。万历三十一年（1603），因为牵涉"癸卯妖书案"，十一月二十九日被逮，十二月初五入狱，十七日死于狱中。汤显祖与达观有一段不平凡的因缘，达观一直想度其出家而未成。此信当作于达观入狱行刑前。

②"情有"两句：达观《紫柏老人集·与汤义仍》云：

"真心本妙,情生即痴。痴则近死,近死而不觉,心几顽矣。""理明则情消,情消则性复。"汤显祖此信开头这两句,当是对达观当年来信的概括。

③王:通"旺",旺盛。

④疟鬼:旧时迷信,谓疟疾是鬼作祟,称"疟鬼"。

⑤区区:自我谦称。

⑥云阳:后世诗词和戏曲小说中常用来指行刑之地。典出《史记·秦始皇本纪》:"韩非使秦,秦用李斯谋,留非。非死云阳。"

⑦迩来情事:当指万历二十六年(1598),汤显祖与达观之间的"情理"之争。

⑧白太傅:唐代诗人白居易,他曾任太子少傅分司东都。

⑨苏长公:对北宋诗人苏轼的敬称。

【赏读】

人与人之遇合,有一种是"何殊云水相逢,两皆无心,清旷自足"(《紫柏老人集·与汤义仍》)。晚明高僧达观,在给汤显祖的信中,就这样描述二人之间的交情。达观认识汤显祖,缘于无意中读到他中举后所题《莲池坠簪题壁》诗。此后长达三十年,达观一心想度脱汤显祖出世而未成,却并未影响二人的交谊。汤显祖这封书信,回顾了他们之间在万历二十六年(1598)发生的一次激烈思想交锋。

汤显祖首先把达观当年来信与他谈论的情理观，概括为"情有者理必无，理有者情必无"，他自己的《牡丹亭记题词》结句则云："第云理之所必无，安知情之所必有邪！"两人所言，含义完全不同。达观认为情与理有此无彼，互不相容，汤显祖则认为达观的话"真是一刀两断语"，故反诘之而肯定情胜于理。汤显祖之语，本来就是针对达观的话而言，所以其语气也相当决断。达观将情理二字，看作有此无彼，汤显祖万万不能接受，不仅不能接受，还在结句强调"终是为情使耳"。汤显祖五年后的这番回复，彰显了君子之交的珍贵特质：和而不同。哪怕达观此时已面临生死关头，在对于"情理"关系的认识上，汤显祖也决不后退一步。

《牡丹亭》完成于万历二十六年，《题词》作于次年前后。万历三十一年（1603），达观因牵涉妖书案被逮入狱，汤显祖闻讯而写此信，直接答复了五年前那次争论。究其心境，有同于司马迁之《报任安书》，惟恐言未复，人已去。然而达观十二月初五入狱，约半个月即遇害，未详他是否读过此信？如果读了，又会作何感想？不过这已无关紧要，此前的《牡丹亭记题词》，实际上早已对他作出了答复。相交数十年，梦中忽见之，良师益友却身困牢狱，性命将逝，在这绝望关头，"迩来情事，达师应怜我"的呼唤，让人隔空犹闻其深心之痛楚！

寄马心易^①比部

兄出县为郎,能再坚否?弟素不习为吏,喜遂昌无事,弟之懒云窝也。时念故人,宛转梅花水际,达人所至,皆为彼岸^②。兄于世相^③,万无过嗔^④。

【注释】

①马心易:马应图,字心易,号廓庵,浙江平湖人。万历五年(1577)进士。曾任南京礼部郎中、刑部主事。万历十三年(1585),疏劾科道齐世臣等,涉及首辅,谪山西大同典史。

②彼岸:佛教指超脱生死的境界(涅槃)。借指所向往的人生境界。

③世相:据万历十三年马应图上疏被谪事,"世相"当指首辅申时行。他于万历十九年(1591)辞官归乡。

④万无过嗔:杜甫《丽人行》说"炙手可热势绝伦,慎莫近前丞相嗔"!此借杜甫讽刺右丞相杨国忠之诗讽刺申时行。

【赏读】

汤显祖说自己"素不习为吏",却只能为吏,不是看不起遂昌知县这一职位,而是觉得离其理想太远。将心比心,他深知故人情怀。"宛转梅花水际",意趣空灵,情思清逸;拈来杜诗暗讽"世相",笔触委婉,意味深长。唯有汤公,能作此失意人语安慰失意的朋友。

答王子声[①]

来朝官禁与朝士通,徒阻我良晤[②]。彼暮夜者,亦何能禁也!风雪邸中,白昼拥卧,正尔[③]为佳。直是句许听钟鼓鸣箫,都不似十年前长安同少妇时五更惊梦也[④]。

【注释】

①王子声:名一鸣,字子声,湖广黄冈(今属湖北)人。生卒年不详。

②"来朝"两句:万历二十三年(1595),汤显祖以遂昌知县、王一鸣以临潼知县入京上计。

③正尔:正是如此。

④"都不似"句:指万历十一年(1583),汤显祖中进士后在京师礼部观政,原配吴氏卒于临川,他在北京续娶傅氏夫人事。"十年"为约数。

【赏读】

得与友人千里相会,乃人生一大幸事!"良晤"受阻,想方设法破之,一倍增其快乐。汤显祖用幽默风趣的笔墨,写出了入京上计时的一个场景、一种心情。情感既温馨动人,比喻又出人意表。

与袁六休^①

出关数日作恶^②。念与君家兄弟五六人，相视而笑，恍若云天。一路待君不至，知君已治吴。吴如何而治？瞿洞观^③相过，应与深谭^④。

【注释】

①袁六休：袁宏道（1568~1610），字中郎，号石公、六休，湖广公安（今属湖北）人。万历二十年（1592）进士，明代文学流派"公安派"的代表人物，与其兄宗道（1560~1600）、弟中道（1570~1626）合称"公安三袁"。万历二十二年（1594）冬入京谒选，次年出任吴县（今属苏州）令。离京前，与入京上计的汤显祖相识。

②作恶：谓与友人别离而抑郁不快。典出《世说新语·言语》："谢太傅语王右军曰：'中年伤于哀乐，与亲友别，辄作数日恶。'"

③瞿洞观：瞿汝稷（1548~1610），常熟（今属江苏）人。以父荫补官，累官至太仆少卿。

④谭:同"谈"。

【赏读】

　　汤显祖深于情。他与袁宏道兄弟的友谊,是文学史上的一段佳话。公安派之"性灵"说,受到汤显祖"灵性""灵气"说的影响,其小品文亦以汤显祖为先声。这大约是他们的前缘吧?初逢时"相视而笑,恍若云天";离别后心情烦闷,一路等待。万千未尽之语,犹切切在心,只好传递于途。汤显祖笔下的情境,总是令人读之而对人世真情,悠然神往。

寄袁小修①

都下雪堂夜语②,相看七八人。而三公并以名世之资,不能半百③。古来英杰不欲委化④遗情,而争长生久视者,亦各其悲苦所至。然何可得也!弟不能世情怆恻事,而于此际无服之丧⑤,无声之哭,时时有之,更在世情之外。小修当此,摧裂何如。天根⑥来,知兄意气横绝,无损常时。而中郎有子而才,稍用为慰。湘沔⑦间正图一把晤也。

【注释】

①袁小修:袁中道(1570~1626),字小修,万历四十四年(1616)进士,授徽州府教授,官至南京吏部郎中。"公安三袁"之一。此信写于万历四十二年(1614)。

②都下雪堂夜语:万历二十三年(1595),汤显祖和袁氏兄弟相会于京师。

③"而三公"两句:三公,三袁兄弟。不能半百,指袁宗道(1560~1600)、袁宏道(1568~1610)卒时皆不满五

十岁。

④委化:本指任随自然变化,引申为"死"的婉辞。

⑤无服之丧:谓有悲恻之心而无服丧之举。语出西汉戴圣《礼记·孔子闲居》:"凡民有丧,匍匐救之,无服之丧也。"

⑥天根:王启茂,字天根,湖广石首(今属湖北)人,生卒年不详。尝问学于汤显祖,显祖为其《义墨斋近稿》作序。

⑦湘沅:湘江,在今湖南;沅水,在今湖北荆州北。

【赏读】

古代的朋友是五伦之一,可见其在人伦中的重要性。所以人们对朋友,既珍惜于其生前,又怀念于其身后,世情内外,总为人情。汤显祖与"公安三袁",本以义气相交,只望与他们"长生久视",不料万历二十三年(1595)京城一别,再得信息时,二十年间三袁已去其二。汤显祖只能在临川以"无服之丧、无声之哭"遥祭之,情怀极其沉痛。何况随着岁月流逝,这类事情汤显祖时时遇之,让他早就觉得朋辈凋零,人生寂寞。写这封信给中道(小修)时,汤显祖年已六十五,风烛残年,贫病交加,更哪堪叠加袁氏兄弟之丧!抚今追昔,笔笔掩抑;语短情长,脱尽寡白。

两年后,汤显祖也撒手人寰,结束了现世寂寞的人生。

奉祭酒戴愚斋①先生

二十年不见②吾师,清晬③之表,想似何极。大学瞻依④,风期⑤未远。美哉秋水,眷我伊人⑥。藐此平昌⑦,不敢望真气东来⑧。倘公子不忘故交,眷为移玉⑨,亦空谷足音也。

【注释】

①戴愚斋:戴洵(1534~1597),字汝诚,号愚斋,别号樟溪,浙江奉化人,自称无能居士。嘉靖四十四年(1565)进士,授翰林院编修,官至南京国子监祭酒。

②二十年不见:万历八年(1580),汤显祖游学南京国子监时,戴洵为国子监祭酒,次年四月致仕,迄今已过去二十年。戴洵逝于万历二十五年(1597),可知此信所说"二十年"为约数,即将近二十年。

③清晬(zuì):犹晬清,清澈、纯净,形容胸怀坦荡的样子。

④瞻依:指对师长的敬仰依恋。

⑤风期：情谊。

⑥"美哉"两句：谓怀念不止。典出《诗经·秦风·蒹葭》："所谓伊人，在水一方。"

⑦平昌：遂昌。

⑧真气东来：犹紫气东来，谓吉兆。自谦身处鄙陋之地，不敢奢望其来。

⑨"倘公子"两句：公子，本请戴洵而婉指其子，以示对老师的恭敬。"眷为移玉"，请顾念往日的情谊移步前来。"移玉"，敬辞，挪动脚步。

【赏读】

良师益友，是人生宝贵的财富，中国文化传统素来重之。汤显祖自小师从良师，结交益友，但若论性格最投合、感情最亲近者，则师当属戴洵，而友当属帅机。他说："两君真晋人，士性有痴慧。相见即相亲，了非心所解。"（《怀帅惟审郎中、戴公司成》）戴洵病逝于万历二十五年（1597），则此信至迟当作于此前一年，时汤显祖在遂昌任上，戴洵则已致仕近二十年。

师生相识于万历八年（1580），即汤显祖第四次春试落第后，游于南京太学时。幸而遇到戴洵并深得其赏识（事见《庭中有异竹赋》），抚慰了汤显祖失意的心。"容情俊远，谈韵高奇。于诸生中最受风赏。"（《青雪楼赋序》）这是汤显祖对戴洵最初的印象。虽然相处不过春秋两季，此生再无相见之时，但是他们结下了一生一世的师生情。在汤显祖为其而作的诗、赋、颂中，都可看到戴洵的卓异风采。直到晚年，汤显祖还在病中观看当年南京离别时，戴洵赠别予他的画作，泫然作诗怀念之。

上述回忆似在题外，然而无须就文说文，读者自能解之。

答邹大泽^①

读大制,文汉而诗魏,必传无疑。主计有赵梦白^②、顾叔时^③足下三人,那可复得。时事正尔可知,家严^④不许不官,加以帅郎^⑤仙去,归亦茕茕,不如游寓。官方时有语者,近为贵人怜引,为乞一判雁山,不可即得^⑥。得时,足下有意赤霞、石门泉^⑦邪?

【注释】

①邹大泽:邹观光,字孚如,或号大泽。湖广云梦(今属湖北)人,生卒年不详。万历八年(1580)进士。此信当作于万历二十三年(1595)七月帅机卒后,汤显祖时任遂昌知县,邹观光时任文选清吏司郎中。

②赵梦白:赵南星(1550~1627),字梦白,河北高邑人。万历二年(1574)进士,官至吏部尚书。东林党领袖之一。

③顾叔时:顾宪成(1550~1612),字叔时,号泾阳,无锡(今属江苏)人。万历八年(1580)进士,曾任吏部员外郎。东林党早期领袖。汤显祖或追忆万历二十一年大计之

事,《明史·顾宪成传》:"二十一年京察。考功郎中赵南星尽黜执政私人,宪成实左右之。"

④家严:对别人称自己的父亲。

⑤帅郎:帅机,字惟审,汤显祖友人,临川同乡。

⑥"为乞"两句:汤显祖《答徐检吾光禄》:"温州土风僻秀,吏隐正佳。贵人为求,急不可得。"雁山,温州雁荡山。

⑦赤霞、石门泉:均为雁荡山景点。

【赏读】

汤显祖论诗文,唯有对不同于"后七子"者,才肯称其"必传无疑"。论时政,则不忘仗义执言、帮助过自己的人,而不以党派为营。但时世既难为,返回南京复职的希望实难实现,父亲又不允许汤显祖不做官,而知己帅机偏偏仙逝,让他真是欲归乡而情怯,只能在遂昌知县任上,继续艰难地努力仕进。

折中于进与退,汤显祖曾想吏隐于地处偏僻,风俗美好的温州,然而虽有朝中"贵人怜引",却"不可即得",也始终未得。想来即使得到,以汤显祖做遂昌令时的有所作为,亦不会真的在温州乐山乐水,做个超然闲适的长官。但明知超然不易而心向往之,已然厌烦做官却不能脱离仕途,此时此际,对于汤显祖而言,的确没有比吏隐更好的出路了。虽然一时尚不可得,却不妨期望"得时",遐想和友人共游林泉的情景。

与于中父①

郎吏之推,尚尔不下②。此中进退,竟是如何?弟惟喜朝家有威风之臣,郡邑无饿虎之吏。吟咏升平,每年添一卷诗足矣。

【注释】

①于中父:名玉立,金坛(今属江苏)人。生卒年不详。万历十一年(1583)汤显祖同年进士,授刑部主事,不久进郎中。万历三十一年(1603)被革职归乡。此信或写于汤显祖弃官居乡时。

②"郎吏"两句:指万历二十一年(1593),顾宪成推荐汤显祖任南京刑部主事,事不成。

【赏读】

自从万历十九年(1591)被贬官徐闻后,重返南都撰著国家典册,就成为汤显祖希望达成的心愿。然而早年得罪朝中权贵,终使他进退失据,仕途屡屡受挫,遂昌县令当到连任，仍然无望还朝。加之他治理地方，一面勤政亲民，一面抵制豪强，终至上升受阻，为令亦难，最终弃官归乡。

"惟喜朝家有威风之臣，郡邑无饿虎之吏"，"吟咏升平"而添新声，这些话大约只能看作皮里阳秋，表达良好的政治愿望罢了。虽不能公然摆出魏晋风度，却能让人体会到汤显祖字里行间蕴藏的心语。

答黄贞父[1]

破晓循池,梅花早放,冻雀喧然,不谓有美人之贻[2]。世丧道久,微道力谁当忧之。忧身不治,正是世外人事,久当不复忧此身也。

【注释】

[1]黄贞父:黄汝亨(1558~1626),字贞父,浙江仁和人。万历二十六年(1598)进士,授江西进贤知县,万历三十三年(1605)改官礼部郎中。著有《寓林集》。父,一作"甫"。信写于汤显祖弃官居乡时期。

[2]美人之贻:语出《诗经·邶风·静女》:"匪女之为美,美人之贻。"

【赏读】

早春的气息,颤动于破晓枝头,使梅花开而鸟雀喧。春回大地,往往引发欣喜之情,汤显祖却忧心忡忡。忧世么,谁当忧之?忧身么,何足忧之!景因情发,意味深长。

寄李本宁①

门下江汉炳灵②,为世儒宗,某水木之余,风云之末,愿一见无从也。辛丑之计,门下独于铨部堂中,渊洄山立,亹亹于不肖,若恐其一日去国③。此所谓得一人知己为已足也。伊人一水④,那得一苇航之⑤。感念恩私,怅焉何极!

【注释】

①李本宁:李维桢(1547~1626),字本宁,京山(今属湖北)人。隆庆二年(1568)进士,选庶吉士,授编修,官至南京礼部尚书。著有《大泌山房集》《史通评释》。

②江汉炳灵:谓英明之气焕发。语出左思《蜀都赋》:"近则江汉炳灵,世载其英。"

③"辛丑之计"五句:《万历野获编·吏部堂属》:"辛丑(万历二十九年,1601)外计,……初过堂时,李之属吏遂昌知县汤显祖议斥,李至以去就争之。不能得,几于堕泪。不知身亦在吏议中矣。"时李维桢任浙江按察使。亹

(wěi)亹,同"娓娓",谈论不倦貌。

④伊人一水:隔水相望,喻不能相见。典出《诗经·秦风·蒹葭》:"所谓伊人,在水一方。"

⑤一苇航之:用芦苇即可渡过,喻不难解决。典出《诗经·卫风·河广》:"谁谓河广,一苇杭之。"

【赏读】

万历二十九年(1601)朝廷考察外官,李本宁(维桢)力排众议,不同意罢免遂昌知县汤显祖,汤显祖以此信谢之。其实他早在万历二十六年(1598)就弃官归乡,故并非谢其为自己保官,而是感动于知己之情。

"此所谓得一人知己为已足也"——汤显祖对李本宁的感念之情,让人不禁想到二十世纪三十年代,鲁迅先生书赠瞿秋白的一副对联:"人生得一知己足矣,斯世当以同怀视之。"人们多以为这副对联是鲁迅的作品,其实落款明明白白作"洛文录何瓦琴句",说明对联的作者是何瓦琴,自己只是转录者。"洛文"是鲁迅的笔名之一,何瓦琴则是清代集联名家,名溱,字方谷,浙江钱塘(今杭州)人。清代徐时栋《烟屿楼笔记》卷八载有此联,并说何瓦琴此联,集王羲之《兰亭集序》中的字而书之。回到汤显祖这篇文章的这个核心语句,是否可见汤显祖对何瓦琴的影响?或说何瓦琴此联脱化于"得一人知己为已足"呢?

答赵梦白^①

天下皆知明公^②为龙，可兴云雨，终不敢扰而用之，疑非人间物，终不可近耳。顾彼亦无云雨天下之心，诚有之，即似龙如弟辈，必且祈卜而致之，封固而迎之，拜跪而候之，庶几以类得雨而后送归其处，况如门下真龙者哉！闻公隐于酒，酣畅高歌，甚善。承问索弟时义于仲文兄处^③，不知弟衰，时时病苦，不复留意此道。近日三尺童子能之，第其抉掠绞扰^④，其细已甚，亦如数年中奏疏谇呓^⑤之流耳。公子高才俊气，能为文章，须为其大者。弟近号茧翁^⑥，干而不出，无由更睹清光。悠悠天水，徒廑思存^⑦。

【注释】

①赵梦白：赵南星（1550～1627），字梦白，河北高邑人。万历二年（1574）进士，官至吏部尚书，东林党领袖之一。此信作于万历二十六年（1598）六月，姜士昌任江西参政后。

②明公：古代对人的尊称。

③"承问"句：万历二十一年（1593），赵南星任官吏部考功员外郎，在朝廷考核官员时忤执政，斥为民。六七年后他致书江西参政姜士昌（仲文），为其子索要汤显祖作的八股文，这是汤显祖就此事的回信。原函见《赵忠毅公文集》卷二十三《与汤若士》。时义，又名时文、八股文。

④抉擦绞扰：谓作时文的种种状况，带有贬义。

⑤谇吒：胡言乱语。

⑥茧翁：典出《法苑珠林》。西晋慧达白天在高塔上说法，晚上隐藏在蚕茧中，俗名苏何圣，"苏何"是蚕茧的音译。汤显祖《答林若抚》又说"自谥茧翁，干而不出"，可见其借用此典改号的本意，是远离官场而隐居乡里。

⑦徒廑思存：挂念亲友。廑，殷切；思存，念念不忘。

【赏读】

人中龙，是汤显祖对人物及其文章的最高赞誉。我们曾见过他评价张大复的文字："独有灵性者自为龙耳。"（《张元长嘘云轩文字序》，今又见此信说赵南星"真龙者哉"。汤显祖称赞赵南星为人刚正不阿，然而并未答应他为其子索求八股文之事，可见他的个性同样清刚，行事有所为、有所不为，并不容易被某一原因所左右。这封信写于万历二十六年（1598），此时汤显祖已弃遂昌知县归乡，而赵南星则早在万历二十一年（1593），就因在大计中忤逆执政,被贬斥为民。

赵南星向汤显祖索要其八股文,是想作为他儿子学习的范本,但汤显祖在信中予以回绝,措辞委婉而态度坚决,丝毫没有回旋的余地。这是什么缘故呢?原来汤显祖早就擅长八股文,天下莫不知名,赵南星自然是慕名而求。但他不知道,汤显祖少年时就被"举子业"所缚,不得不专攻八股文,中举后"乃工韵语"(《答张梦泽》),即转习自己喜欢的诗歌戏曲。十余年间,他写的八股文不到十篇(《汤许二会元制义点阅题词》)。当他四十九岁毅然弃官归乡时,意味着其人生的重大转折——投入戏曲创作已经开始。"四梦"的代表作《牡丹亭》就完成于这一年。赵南星这时向汤显祖索要八股文,遭到拒绝是必然的,甚至招致了他对八股文的嘲弄和批判。

信末,汤显祖说其"近号茧翁",可见其出家之心虽无,出世之情已重。同时汤显祖新建的家园筑有清远楼,次年所撰《牡丹亭记题词》自署"清远道人"。这是古代士大夫在对现实失望后,所能做出的微弱反抗。也可以说,闲远清雅,本是他们精神的一种取向。

答罗匡湖^①

市中攒眉^②,忽得雅翰。读之,谓弟著作过耽绮语^③。但欲弟息念听于声元^④,倘有所遇,如秋波一转^⑤者。夫秋波一转,息念便可遇耶?可得而遇,恐终是五百年前业冤^⑥耳。如何?"二梦"^⑦已完,绮语都尽。敬谢真爱,不尽。

【注释】

①罗匡湖:罗大纮,字公廓,匡湖疑其号。江西安福人,生卒年不详。万历十四年(1586)进士。万历十九年(1591)在礼部给事中任上,因疏劾首相申时行谪归。

②攒(cuán)眉:因不愉快而皱眉。

③绮语:佛教语,十恶之一。指一切邪僻不正之语,如涉及男女私情的话。

④息念听于声元:指弃声乐之乐(此指传奇戏曲),而留意于性理之学。

⑤秋波一转:比喻参禅悟道。出自王实甫《西厢记》第

一本第一折："怎当他临去秋波那一转。"

⑥业冤：冤家。出自王实甫《西厢记》第一本第一折："正撞着五百年前风流业冤。"

⑦二梦：指"四梦"中的《南柯记》《邯郸记》。

【赏读】

"情"之一字，是汤显祖的文学观及其戏曲创作的核心，这在今天当然毋庸置疑，在当时却遭到了许多人的反对。此信是汤显祖对置疑者的态度和回答。罗大纮（匡湖）曾和汤显祖同官南京，他来信说汤显祖"过耽绮语"，要其"息念听于声元"，显然是指《牡丹亭》《紫钗记》的问世。然而汤显祖复信说"'二梦'已完，绮语都尽"，则指《邯郸记》《南柯记》。《南柯记》是"四梦"的最后一部，完成于万历二十八年（1600），汤显祖时年五十一岁，家居。

读罗匡湖来信而让汤显祖皱眉的，主要是"过耽绮语"四字。"四梦"皆涉"绮语"，代表作《牡丹亭》，更以超越生死的爱情至性倾动天下，恰是汤显祖平生最得意之作。来信所指，自然是以此为重点。所以汤显祖连发两问，言在此而意在彼，回敬了来信的指摘。

汤显祖巧妙地拈来《西厢记》的绝妙描写，以崔莺莺临去时"秋波一转"作比，表明自己对罗氏的批评完全不以为然，偏偏要让传奇以"情"为主，感动天下世人。他说，人生若是遇到两情相悦如张生和莺莺，岂可用"理"去压制爱情的强烈吸引？这可是修炼五百年才能遇到的情缘啊，又如何压制得了呢？好在如今自己的"梦"都做完了，"绮语"也都写尽了，你们可以放心了吧？这语气分明是以退为进，卫护"绮语"的态度丝毫不容置疑，又哪里会在乎"过耽"与否呢！

答许子洽①

僻在江外②,子墨③之游无几。幸如门下贲思④,假以芳帙⑤,"渊云徐庾"⑥,春容骈陛⑦。独恨无以仰承赞唱也。不佞幼志颇巨,后感通材之难,颇事韵语,余无所如意。挈此于吴中⑧,如以残砾比海月耳。

【注释】

①许子洽:许重熙,字子洽,常熟(今属江苏)人,生卒年不详。汤显祖门人,以史学称名。

②僻在江外:这封信作于万历四十三年(1615),汤显祖六十六岁,在临川家居。江外,江南。

③子墨:汉代辞赋家扬雄在《长杨赋》中虚构的人物,后来借指文章、文辞。

④贲(bēn)思:文思泉涌。贲,奔流。

⑤假以芳帙:指许重熙来谒,带来其诗文。

⑥渊云徐庾:"渊云",汉代赋家王褒和扬雄的并称。王褒字子渊,扬雄字子云。"徐庾",南北朝诗人徐陵和庾信的

并称，二人诗风绮丽，世称徐庾体。

⑦春容骈阗：春容，声韵悠扬洪亮；骈阗，语句连绵并出。此指骈体文。

⑧挈此于吴中：指带回汤显祖所著古文。钱谦益《玉茗堂文集序》云："吾友许子洽氏，以万历乙卯（万历四十三年，1615）谒义仍先生于临，携所著古文以归，集为十卷，而属予序之。"

【赏读】

去世前一年，因朋辈凋零而倍觉寂寞的汤显祖，在临川玉茗堂迎来了一位特殊的客人——当时大文学家钱谦益的朋友许重熙。许重熙带来其作品集，获得了汤显祖的赞赏，他把汉代、六朝著名的辞赋家与之比并，可见其文学观的倾向性，不同于七子派。

信中重要的信息还有二：一是汤显祖说到自己的文学道路，并对其文学作品作了自我评价。二是他托许重熙带回自己的文集十卷，让其交给钱谦益，请钱氏为之作序。值得注意的是，汤显祖说他早年曾有"通材"式的创作设想，但后来知其不易，故退而致力于"韵语"的写作。"韵语"一般指诗赋，但汤显祖在此指戏曲，这是他最有传世信心的作品，其余各体他认为"无所如意"。所以他说，带去请钱谦益作序的《玉茗堂文集》十卷，不过是"以残砾比海月"罢了。

汤显祖低调评价其文集,主要是因为在古文上,他平生以不能作"馆阁典则著记"为憾恨,所以将此而外的文章称之为"小文"(《答张梦泽》《复费文孙》)。既然如此,他又为何要以文集十卷请钱谦益作序呢?其实这表现了汤显祖的自我评价,虽以"四梦"特别是《牡丹亭》为先,但所谓"小文"是其自谦,实际上不乏珍品,其小品文特别是尺牍,更是明代名家珍品。从同时代影响巨大的批评家评论中,可见汤显祖古文的地位和成就极高。下面仅举两则为例。

作为优秀的诗文大家和文学史家,钱谦益的《玉茗堂选集序》,在晚明复古与反复古之争的文学背景下,对汤显祖的古文作了中肯的分析和评价。他指出,汤显祖的古文不同于七子派者,主要在于"回翔弭节,退而自处于曾(巩)、王(安石)",这是指效法对象不同;而"世之知曾、王者鲜,则知夫义仍者洵寡矣",这是指其古文应得的声名与实际不符,即成就不低,而人们的认识不足。

同时代的批评家沈际飞在汤显祖《玉茗堂文集题词》中说,"若士积精焦志于韵语,而竟不自知其古文之到家。秾纤修短,都有矩矱。机以神行,法随力满……不肯为其赝者,故宁少无多"。这既从内容与形式的完美结合上,充分肯定了汤显祖古文的成就,又从写作态度上,指出了汤显祖古文水平"到家"的关键：不以模拟为复古、不以赝品充创新、不为滥作而宁缺。这哪里是"残砾"，分明是"海月"啊！

答李乃始①（一）

仆年未及致仕，而世弃已久②。平生志意，当遂湮灭无余。独丈每见有昵仆之色，每闻有赏仆之音。仆万有一中，不无私念。秋柏之实，枯落为陈，偶有异人过而餂③之曰：此不死之饵也，则必有采而畜之，以传其人者。而自度清羸④，恐一旦为秋柏之实，不能不倚丈为异人也。

独自循省⑤，为文无可不朽者。汉魏、六朝、李唐数名家，能不朽者，亦或诗赋而已。仆于诗赋中，所谓万有一当。为文不朽者，过而异之。文章不得秉朝家经制彝常之盛⑥，道旨亦为三氏⑦原委所尽，复何所厝言⑧而言不朽？仆极知俗情之文必朽，而时官时人，辄干之不置，有无可如何者。偶而为之，实未尝数受朽人之请为朽文也。然思之亦无复能不朽者。比来人才未有听睹，才识如丈，年才不惑，庶其图之。仆观馆阁之文，大是以文懿德⑨。第稍有规局，不能尽其才。久而才亦尽矣。然令作者能如国初宋龙门⑩极其时经制彝常之盛，后此者亦莫能如其文也。习而鬯[11]之，道宏以远。诚知且朽，犹欲逾于莫之示而无所闻者。

【注释】

①李乃始：李光元，字乃始，江西进贤人。生卒年不详。万历三十五年（1607）进士。

②"仆年未及"两句：万历二十六年（1598），汤显祖从遂昌知县任上弃官归里。万历二十九年（1601）被免官，时年五十二岁。按明制，文职官员一般地方官年六十五，京官年七十致仕（退休）。此信当作于其被罢职数年后。

③餂（tiǎn）：通"舔"。用甜言蜜语引诱、探取。

④清羸（léi）：清瘦羸弱。

⑤循省：省察。

⑥"文章不得"句：指馆阁典章著记。朝家，朝廷；经制，治国的典章制度；彝常，常制。

⑦三氏：指儒、道、佛三家理论。

⑧厝（cuò）言：进言。

⑨以文懿德：指馆阁之文以颂扬朝廷典章制度为主。懿，美好。

⑩宋龙门：宋濂（1310~1381），字景濂，号潜溪，浙江浦江人。中年后迁居浦江小龙门山下。宋濂被誉为明初"开国文臣之首""有明文章正宗"。著有《宋学士文集》。

⑪鬯（chàng）：通"畅"，通畅无滞。

【赏读】

　　文章有可朽和不可朽之分，只有著记国家典则制度、阐发儒道佛三家"道旨"的文章，可以不朽，而"俗情之文""小文"（《答张梦泽》《复费文孙》）则"必朽"。汤显祖又一次从"立言"着眼，表明其人生观和价值观。

　　《左传》倡导的人生"三不朽"（立德、立功、立言），是传统士大夫追求的最高境界，作为士大夫和文学家，汤显祖对"立言"的内涵，流露出一种偏见，或说是认识上的错位。实际上，他列举的汉魏、六朝、唐代名家之"不朽"者，并非"亦或诗赋而已"。即如韩愈、柳宗元就首先以载道之文称名于文学史，诗赋成就反倒次之。但是在他们的古文中，那些既"俗"且"小"之文，如韩愈的《祭十二郎文》、柳宗元的《永州八记》等，其影响恐怕要超过他们以载道为旨的古文。

　　再说本朝，汤显祖于"不朽"之文，仅只推崇宋濂一人的"馆阁之文"，不仅本文极力赞美之，在《答张梦泽》中更是直接说："我朝文字，宋学士而止。"这未免过于偏执。可见，即使像汤显祖这样伟大的文学家，也会以个人理想为尺度，表现出评价上的执念。他在古文上重明初而轻晚明，甚至以宋濂为界，否定整个明代包括他本人的成就,这也是其入朝著记典则的愿望未能实现,从而成为人生最大缺憾的反映。

这说明,一个人对社会人生的认识和判断,往往难以避免产生历史和个人的局限。

答李乃始（二）

良书娓娓，推挹①深至，窅②无俗情。弟妄意汉唐人作者，亦不数首而传，传亦空名之寄耳。今日佹③得诗赋三四十首，行为已足。材气不能多取，且自伤名第卑远，绝于史氏之观。徒蹇浅④零谇⑤，为民间小作，亦何关人世，而必欲其传。词家四种⑥，里巷儿童之技，人知其乐，不知其悲。大者不传，或传其小者。制举⑦义虽传，不可以久，皆无足为乃始道。吾望足下或他日代而张我，区区者何足为难。虽然，乃亦有未易者。宋人刻玉叶为楮⑧，三年而成，成无所用。然当其刻画时不三年，三年而不专其精，楮亦未可得成也。恃足下知而爱我，屑屑言之。惠诗久弊，幸更书以贻。

【注释】

①推挹：推重尊崇。挹，通"揖"。

②窅：谓见识深远。

③佹：出于偶然。

④寋浅：鄙陋浅薄。

⑤零谇（suì）：啰唆唠叨。谇，通"碎"。

⑥词家四种：《紫钗记》《牡丹亭》《南柯记》《邯郸记》四种传奇戏曲，合称"临川四梦""玉茗堂四梦"。

⑦制举：此指科举文。

⑧宋人刻玉叶为楮（chǔ）：即刻楮，喻技艺工巧或治学刻苦，典出《韩非子·喻老》。楮，落叶乔木。

【赏读】

这封信在文学价值判断上，是《答李乃始》的延续。汤显祖认为非"史氏之观"（馆阁著记典则）的文章，都是"民间小作"，不关"人世"，故必不传。和前一篇较大的不同，是汤显祖经过多次反省和掂量，虽然将其后倾注近四年精力，苦心创作的"词家四种"（"临川四梦"），也归之于"小"者，却认为其"或传"。这就在较前广阔的视野下，看到了当时并不被正统文学重视，而只是被当作娱乐形式的戏曲，在整个中国文学发展史上的地位。由于"四梦"的划时代影响，这已然成为一代文学之宣言。我们不能不重视，汤显祖终于走出了以"馆阁典章之记"为上的局限，比同时代尚在争论诗文复古和效法对象的文学流派，站位要高得多。如果我们说晚年汤显祖的文学史观高屋建瓴，具有同时代流派无可比拟的超越性，或许不是夸张。

"词家四种,里巷儿童之技,人知其乐,不知其悲。"信中这句被人们广泛引用的话,是汤显祖在仕途失意后,更为深刻地了悟社会现实,将其悲剧意识投射到戏曲创作中后,个人与众人审美感受的不对称必然产生的遗憾。在当时的主流文学思想背景下,虽然人们往往从戏曲欣赏中获得快乐,却没有多少人能够领略汤剧蕴含的深厚悲情。家居的首辅王锡爵因其女儿之死、深闺女性俞娘和冯小青,甚至女伶商小玲因自己的遭遇或处境,对《牡丹亭》强烈的悲剧内蕴都感同身受,或悲或死,只是当时为数不多的特例。

然而,把目光放在文学发展史上看,情况就大不相同了。传世之作的光彩,有的并不显示于当时,而是焕发于后世,这并不是个别的例子。作品是否具有长久的生命力,需要经过长期积淀,或碰上恰当机遇,其价值才会被人们认识,进而得到彰显。历史的回望,往往会拂去岁月的尘埃,让人发现曾经被埋没的佳作。只要真是传世之作,无论它曾经被一个、一代甚至数代人漠视,其价值终究不会湮灭。

与其沉迷于一时追名逐利,不如听从内心召唤,去创造血肉丰满、历久弥新、唤起人类精神共鸣之作。这也是汤显祖坎坷人生留下的一个重要启示。

答费学卿①

　　春雪淋漓，拥炉微笑。而良书适来，亹亹②千言，推奖过至。忆仆幼从徐子弼③先生游，而辱忘年于惟审④，因能研弄模写，长便习之。弱冠过敬亭⑤，梅禹金⑥见赏，谓文赋可通于时，律多累气。因学为律，粗以纪游历，寄赠言怀，无与北地诸君⑦接逐之意。北地诸君，亦何足接逐也。寄示二词，绵丽可爱。制义⑧典雅圆昶⑨，小有异同，知不为讶也。公子翩翩，十舍⑩而遥，无缘一携手，如何？

【注释】

　　①费学卿：费元禄（1575~?），字学卿，又字无学，江西铅山人，太仆卿费尧年之子，有才士之名，却屡屡赴考而不中。其《甲秀园文集》卷十一有《致汤若士先生书》，此为汤显祖复信。

　　②亹（wěi）亹：同"娓娓"，写文章或交谈不倦貌。

　　③徐子弼（1505~1565）：徐良傅，号少初，江西东乡

人。他是汤显祖的启蒙老师,汤显祖有《徐子弼先生传》《挽徐子拂先生》,并在《负负吟》诗序中提及他。

④辱忘年于惟审:汤显祖与帅机(惟审)为忘年交,帅机年长其十三岁。参阅本书《赴帅生梦作》。

⑤弱冠过敬亭:万历四年(1576),汤显祖有宣城(今属安徽)之游,时年二十七岁。弱冠取约数。敬亭,山名,在宣城之北。

⑥梅禹金:梅鼎祚(1549~1615),字禹金,宣城人,汤显祖与其结识于此行。

⑦北地诸君:指提倡文学复古的"前七子"李梦阳等人。

⑧制义:指应科举的八股文。

⑨昶:通"畅"。

⑩十舍:古代一舍为三十里。

【赏读】

"春雪淋漓,拥炉微笑。"开篇这幅温馨的画面,绘出了冬去春来,世间美好的情景。记得小时候,每当这样的天气,我总是和外婆拥炉而坐,听她回忆旧家往事。她说:"这样的天气,最好是家有火炉,外无行人。"数十年时过境迁,读到汤显祖笔下的画面,当年自己家中的景象,立刻浮现在眼前。接着又想起白居易的一首小诗:"绿蚁新醅酒,红泥小火炉。晚来天欲雪,能饮一杯无?"(《问刘十九》)同样的天气,汤翁家中来客了——他收到费学卿娓娓千言的来信。见字如晤,所以手持信笺,"拥炉微笑"。此情此景,何逊于和友人相对畅饮?

从汤显祖这封复信可见,他早在万历四年(1576)二十七岁时,就对七子派鼓吹的"文必秦汉,诗必盛唐"持否定态度。对于格律诗,他不过是跟随师友而"研弄模写,长便习之"而已,和七子派的主张无关。梅禹金(鼎祚)也认为"律多累气"。"如晤"已完,但致信使自己心神愉悦的人,此时远隔关山,不能携手,结以"如何"二字,意仍有所不尽。想来对方收到复信,也会怅望远方,思念友人吧?

与李还素①

君家兄弟,每以孝友②相先,名位相让,恒令人朵颐③。至若以相公在事④,而卧托弥高,必有悟超然之致者。达人⑤因任而行,似难固守誓墓之节⑥。再过章门⑦,披云睹日,当知笑涕同时也。

【注释】

①李还素:李开芳,字伯东,别号还素,福建永春人。生卒年不详。万历十一年(1583)汤显祖同年进士。万历三十五年(1607)由江西按察使升右布政使,万历三十八年沿任。

②孝友:孝,对父母孝顺;友,对兄弟友爱。

③朵颐:原指动腮咀嚼以进食,此喻令人向往、羡慕。朵,动;颐,腮,面颊。

④相公在事:其族人李廷机万历三十五年(1607)入阁。

⑤达人:此指仕途显达的人。

⑥誓墓之节:指李先芳乞养父母。典出《晋书·王羲之

传》：骠骑将军王述与王羲之齐名，但羲之向来看不起他。王羲之任会稽内史，王述任扬州刺史，会稽为扬州之属郡，王羲之耻居其下，于是称病去职，并在父母墓前自誓。

⑦再过章门：祝其仕途顺利之语。章门，南昌。

【赏读】

李开芳和汤显祖是同年进士。万历三十五年（1607）五月，其族人李廷机入阁，同年九月，李开芳从江西按察使升右布政使，万历三十八年继续留任，此信或作于其此任间丁忧之时。

汤显祖在信中既赞李开芳族中兄弟孝友，复赞其朝中虽有人，却不急于起官，"有悟超然之致"，而后预料李开芳这样的显达之人，很难像王羲之那样"固守誓墓之节"。最后，祝福其有朝一日，重登仕途，相会可期。果然不出汤显祖所料，万历四十六年（1618）九月，李开芳起为江西右布政管参政事，但汤显祖已于万历四十四年六月去世。

短短一简，几转几折，曲尽其意，官场的潜规则，可谓不言而喻。汤显祖想说的，恐怕正是这层意思吧？不知汤显祖仙逝后两年，李开芳起官重过章门时，会不会想起他当年信中所说的话，内心为之泛起微澜？

与李九我宗伯①

从京师来者，言丈蔬食敝衣。或以丈为贫，或以丈为伪。夫世人何足与言真伪也。马心易②作县，食尝不饱；赵仲一为铨部③归来，几为索债人所毙。贫而仕，仕遂不贫耶！古人云："匈奴未灭，何以家为。"④此时亦非吾辈作家时也。惟丈有以自砺⑤。

【注释】

①李九我：李廷机（1542~1616），字尔张，号九我，福建晋江人。万历十一年（1583）汤显祖同榜进士，以榜眼授编修。三十五年（1607）五月以礼部尚书入阁，次年四月，因人上疏言朱赓罪而及之，廷机屡次疏辞不允，遂杜门不出。万历四十年（1612）致仕。宗伯：礼部尚书别称。

②马心易：马应图，字心易，号廓庵，浙江平湖人，生卒年不详。官至刑部主事。万历十三年（1585），因疏劾科道齐世臣等人并及首辅，谪为大同典史，后迁封邱知县，年余，复刑部主事。以疾免归。

③赵仲一：赵邦清（1558~?），字仲一，真宁（今甘肃正宁）人。万历二十三年（1595）、二十六年（1598），以山东滕县知县赴北京上计，与汤显祖两度相聚。万历二十六年迁吏部主事，后被劾，削职为民。铨部：吏部别称，因吏部专司铨选。

④"古人云"三句：出于《史记·卫将军骠骑列传》："天子为治第，令骠骑（骠骑将军霍去病）视之，对曰：'匈奴未灭，无以家为也。'"

⑤砺：通"励"。

【赏读】

这一封励志书信，是家居的汤显祖写给在京师杜门不出的李廷机。李廷机是汤显祖同榜进士的榜眼，万历三十一年（1603）以礼部尚书入阁，但入阁不到一年即杜门不出。据《明史》本传，事起于廷臣论首辅朱赓十二罪，并及廷机。廷机累次上疏乞休，上不允，他只好杜门不出。言官认为这是作伪，于是数十人连续上奏力攻之。到万历四十年（1612）九月，廷机上疏乞休已达一百二十余次，乃自行出都，以示致仕之心。《明史》本传说他"遇事有执，尤廉洁，帝知之"，故一再慰留。其人系阁籍六年，秉政仅九个月，滞留京师数年而后去，李廷机的这种经历，可谓史无前例。他入阁本就一再受阻，入阁后遭遇又如此，其实是万历朝党争激烈的反映。

汤显祖虽然乡居，却并非对朝政一无所知，何况其人是自己的同年。

"夫世人何足与言真伪也。"在困境中得到同年如此贴心的安慰，李廷机一定非常感慨，而汤显祖的剖析和举例，虽没有涉及自己的境况，其实也是他弃官归家后经历过的实际。贫穷与否，与做不做官无关，而取决于个人的品行。"贫而仕，仕遂不贫耶！"可见，不仅世人不足以言真伪，就连传统的"学而优则仕"信条都不可信！汤显祖之所以肯定廷机以"贫"为家，情非作伪，亦是因为他深知其为人行事的特点。说其励志，则出于汤显祖的政治品格，自己的理想不能实现，寄望于还在朝中的同年：好官难为，但好官难得，"吾辈"还需舍小家、为大家，努力做个好官。

答林若抚①

不佞近衰,朒缩②隈萑③,自谥"茧翁",干而不出④。忽承门下锵琅雅歌,跫然来思⑤。起其再眠,抽其独丝。顿使枯蛾蠕蠕蘧蘧⑥,如动如生,有出飞窗户间作五色意。加以长白⑦名笔,虬拏鹜峙⑧,攒为世宝。天嘘地吐,五内⑨为承。诸作精好流昶⑩,自是廊庙⑪元英。积感之余,尚图嗣音。

【注释】

①林若抚:林云凤,字若抚,长洲(今属江苏)人。生平不详。

②朒(nǜ)缩:退缩,畏缩。

③隈萑(huán):谓如蚕一般依偎着蚕山吐丝。隈,通"偎"。萑,芦类植物。供蚕吐丝的用具,多用植物做成,俗称蚕山。

④"自谥"两句:汤显祖晚年取茧翁为别号。谥,称作。典出自《法苑珠林》:西晋僧慧达白天在高塔上说法,

晚上隐藏在蚕茧中,号苏何圣。苏何是蚕茧的音译。

⑤"忽承"两句:锵琅雅歌,指林云凤寄来范允临书写的《茧翁口号》。跫(qióng)然,闻空谷足音而喜,此指收到来函。

⑥蘧(qú)蘧:惊动貌。

⑦长白:原文作"长生",误。范允临(1558~1641),字长倩,号长白,吴县(今属江苏苏州)人。万历二十三年(1595)进士,以书法名世。

⑧虬拏鸑(yuè)峙:形容书法婉曲秀美,如龙腾凤峙。虬,传说中的龙;拏,蜿蜒状;鸑,凤的别名。

⑨五内:五脏,此指人的内心。

⑩昶:通"畅"。

⑪廊庙:谓朝廷、国家。

【赏读】

化蛹成蝶,破茧而出,在阳光明媚的花间飞舞,这是多么美妙的情景。虽然春蚕吐尽银丝而死,并没有获得蝴蝶重生的美丽,但是当汤显祖收到林云凤所寄、范允临书写的自己所作《茧翁口号》诗时,欣慰之情忽然催生了他的幻想:把茧中干死的蛾儿唤醒抽丝,顿使枯蛾"如动如生",恍若飞出窗户,化作五彩蝶之貌。

汤显祖晚年自号"茧翁",作诗《茧翁口号》。诗云:"不随器界不成窠,不断因缘不弄蛾。大向此中干到死,世人休拟似苏何。"诗谓自己取此号,意味着既不出家,也不了断尘缘,与其作茧而居,委屈偷生,不如干死其中,独善其身。汤显祖在万历二十六年(1598)弃官归乡后,万历二十九年(1601)大计得了个"闲住"处分,令其闻之很是郁闷,晚年自号茧翁,当然不会与此无关。

枯蛾自然不可能唤醒,"茧翁"的立意也不会改变。但有感于林、范二人之情,汤显祖写了此信,又作诗《茧翁,予别号也,得林若抚茧翁诗,为范长白书,感二妙之深情,却寄为谢》,这也是他对滑稽现实的批判、对同声同气友人的致意。

答黄九洛^①

寺中小饮,得周爱四方之事,扬抟^②千秋之业,殊畅。仙舟遂南,怅焉寤叹。章门^③风雨,夜玩大作,皆有灵气。点定^④以归。采艾时当有幽人之想^⑤。

【注释】

①黄九洛:黄戴玄,字九洛,江西信丰人,生卒年不详。他与其兄承基一同以才名乡荐,入南太学。南京多长者,如戴玄与之游。汤显祖万历五年(1577)游南太学,此书当作于是年,他还有《送黄九洛归虔》二首。

②扬抟(gǔ):褒贬,评说。

③章门:南昌。

④点定:修改文字。

⑤"采艾"句:民间习俗,端午节采艾条悬挂在门户上,用以辟邪。幽人,隐居山林之士。

【赏读】

"小饮"虽小,其志却大。"得周爱四方之事,扬扢千秋之业。"这是汤显祖回忆万历五年(1577),他与南都太学精英黄九洛,在南昌的一次相聚。其境界之高阔,令人联想到毛泽东的词作:"恰同学少年,风华正茂。书生意气,挥斥方遒。"(《沁园春·长沙》)

是书寥寥数语,开篇即占尽气势。而后夜雨中点定佳作,赏其"灵气";次日送别,惆怅遥想。全文一气呵成,情韵流转,耐人寻味。好文章固不以篇幅论长短。

候王恒叔①鸿胪

昨道天台②，遂踏龙湫、雁背③，望禹穴④以东，朝阳⑤而西，秀色殆为太初仙人所尽。谢镇钺而隐陪京，其意自远。人生何必多取，旁少听琴人，相如旧恙，当复平胜⑥。往蹇不尽来连之思⑦。

【注释】

①王恒叔：王士性（1547～1598），号太初，浙江临海人，万历五年（1577）进士。万历二十三年（1595），升都察院右佥都御史巡抚河南，辞不受，改南京鸿胪寺正卿。下文云"谢镇钺而隐陪京"指此。此信作于万历二十五年（1597），遂昌知县任上。

②天台：山名，位于浙江东部天台县北，佛教天台宗的发源地。

③龙湫、雁背：雁荡山上的景点，其山在浙江东南乐清市。

④禹穴：相传为夏禹葬地，在今浙江绍兴会稽山上。

⑤朝阳：此指普陀山朝阳洞，汤显祖是年秋浙东行经游普陀山。

⑥"旁少听琴人"三句：司马相如弹奏《凤求凰》，挑动了卓文君的爱慕之心，她私奔相如，二人生活在一起（见《史记·司马相如列传》）。传说后来司马相如欲纳妾，文君作《白头吟》，相如愧悔而止之（见《西京杂记》）。

⑦"往蹇"句：犹成语"往蹇来连"，意为进退两难。语出《周易·蹇》："六四：往蹇来连。"

【赏读】

"人生何必多取"，这是汤显祖的彻悟之语。可惜有的人总是贪得无厌，并非都能解悟这个道理。在历史与现实中，汤显祖举了一正一反两个例子：王士性放弃了大吏之封，而改做陪都官员，其心淡泊，其志高远；司马相如得到才貌双全、用情专一的卓文君，却还意有未足，思欲纳妾，实在是过于贪心。汤显祖告诉人们，人生之积极进取，并非是大量攫取，而应适可而止。

汤显祖领略了名山天台、雁荡的秀色，把江山胜景和人生哲理相结合，让友人分享，今天的我们，又何尝不可感悟之？

与门人胡元吉①

岭南百姓,极喜吾省人士为长吏。董扩庵②在东莞,治行至今称第一。杨临皋③远矣。万里之行,始于足下④。愿言勖之。莞尔文雅余风,可鸣琴而治⑤。清声时闻,用慰我心。

【注释】

①胡元吉:胡继美,字中在,元吉当是其号。江西鄱阳人,生卒年不详。万历三十八年(1610)进士,次年四月任广东东莞知县。此信作于万历三十九年(1611),家居。

②董扩庵:董裕,字惟益,号扩庵,江西乐安人,隆庆五年(1571)进士,授东莞知县。升至刑部尚书。生卒年不详。

③杨临皋:杨寅秋(1547~1603),字义叔,号临皋,江西泰和人。万历二年(1574)进士。继董裕任东莞知县。

④"万里"两句:出自老子《道德经》:"千里之行,始于足下。"

⑤鸣琴而治：以礼乐教化人民，政简刑轻，无为而治。语出《吕氏春秋·察贤》："宓子贱治单父，弹鸣琴，身不下堂，而单父治。"单父，县名，治今山东单县。

【赏读】

"岭南百姓，极喜吾省人士为长吏。"这充满自信之语，既是对门人的勉励，亦是对乡贤的肯定，实际上汤显祖自己亦在此列。万历十九年（1591），他因上《论辅臣科臣疏》而致"帝怒，谪徐闻典史"（《明史》本传）。在徐闻不过半年，他就在江西同乡、知县熊敏的支持下创建贵生书院，引导青年士子珍惜生命，习知礼义。此信则举董裕、杨寅秋两任东莞知县为例，要求汤门弟子继承本乡前任的治行，造福地方。

弟子出任地方官，为师的除了鼓励，还有所嘱咐：善行教化，政简刑轻。声誉清美，足慰我心。这是汤显祖的为政理想，也是他在遂昌知县任上所为，更是他为弟子作出的榜样。

答黄荆卿①

七年之官，二十年之别，千里之外，能忆六十岁老人②，寿之以诗，可谓不忘之至矣。来诗云："传闻去国谭犹剧③，不道为郎罢即贫。"似为悠悠者④解。夫悠悠者，何足为解乎！太守苏公课赋⑤，见弟家淮兑米止一十二石，问曰："国租本折相半，公岁谷当不能满六百石。且公为宰几何年？"弟对曰："四年⑥矣。"苏公叹曰："人言何足信！"弟笑而谢之。古称知己之难，世岂有达观怖死，义人要钱者耶⑦！

【注释】

①黄荆卿：黄道日，字荆卿，庐州（今安徽合肥）人。生卒年不详。举人，入国子监读书。工翰墨，行草尤有时名。

②"七年"四句：指汤显祖万历十二年（1584）至十九年（1591），在南京礼部任职。此书当作于万历三十九年（1611），六十岁或为约数。

③传闻去国谭犹剧:指万历二十九年(1601)大计,汤显祖以"闲住"被罢官事。谭,同"谈"。剧,争论激烈。

④悠悠者:众人,一般人。

⑤苏公课赋:苏公,抚州知府苏宇庶;课赋,征收赋税。

⑥四年:约指万历二十一年(1593)汤显祖上任遂昌令,至万历二十六年(1598)弃官归乡。

⑦"世岂有"两句:"达观""义人",双关语。达观禅师万历三十一年(1603)被害死于狱中。其赴京前曾与汤显祖告别,表现了不惧断头的凛然气度。义人,汤显祖字义仍,一作义人。

【赏读】

这封书信,可同《与李九我宗伯》对读。汤显祖和李廷机都被谣言中伤过,他曾对李廷机说:"夫世人何足与言真伪也。""贫而仕,仕遂不贫耶!"在此信中,他借抚州知府之口说:"人言何足信!"原来是征收赋税时,知府得知汤家租谷的收入,竟然一年不满六百石,传闻却远远不止于此。于是他问汤显祖当过几年县官,回说"四年矣"。知府因此而大为感叹传言之不可信。

传言不可信,汤显祖早就知道,故他对知府之问、之感叹笑而谢之曰:"古称知己之难,世岂有达观怖死,义人要钱者耶!"这话大可玩味。达观和尚已被害死在狱中，其所以死，是因为不怕死；如今自己之所以贫，是因为像达观不怕死一样不敛不义之财！其名"达观"，己名"义人"，这不是名副其实的吗！一语双关，一石二鸟，颇得春秋笔法，皮里阳秋之妙，而其大义凛然，君子坦荡的气度，世间又有谁能屈之！

答陆学博

文字诔死佞生①,须昏夜②为之。方命③,奈何。

【注释】

①诔死佞生:指为人撰写碑文墓铭之类文字,无外乎对墓主之生平行状,作浮言诔辞的吹捧。

②昏夜:谓见不得阳光。

③方命:作难于应命的婉辞。谓陆学博请汤显祖撰写碑文墓铭一类文字。

【赏读】

汉代著名辞赋家扬雄说:"言为心声。"(《法言·问神》)汤显祖文学创作的根本宗旨,是"世总为情"(《耳伯麻姑游诗序》)。所以诔墓之辞,于他只因难以拒绝的情面而为之,故总觉得无可奈何。无可奈何倒也罢了,还须"昏夜为之"。他觉得这种文字虽不完全是,但也难免"诔死佞生",大有悖于其性情和才情。实际上，汤显祖平生只作了十来篇这类文字。正如我们要知道功名对他其实有多么重要，才知道他得有多大的决心，才能够弃官归田一样，我们也要知道他晚年有多么贫困，才知道他不用谀墓文去赚取润笔之资，需要多么大的定力。

"谀墓"一词，出于晚唐李商隐《齐鲁二生·刘叉》。说的是诗人刘叉为人任气豪侠，因慕韩愈之名而拜其为师。一天他因与韩愈争论而落下风，于是拿了韩愈的许多钱而去，并说："此谀墓中人得耳，不若与刘君为寿。"后来《新唐书·韩愈传》把这段故事收进去，被苏轼誉为"文起八代之衰，道济天下之溺"（《潮州韩文公庙碑》）的韩愈，就成了谀墓多金的代表人物。当然，无论是对韩愈还是对其他人，谀墓取金之事，都得放在传统文化背景下进行具体分析。但是，汤显祖对谀墓极为鲜明的否定态度，毕竟是其君子固穷、穷且益坚的表现，不仅值得肯定，而且应该学习。

答陆景邺^①

不佞得以子墨^②之役,仰赞幽光^③,荣重无已。何当门下远书郑重,似非芜寒所敢承也。知此时入都荣选^④,门下之才,自为世需。第世实需才,亦实憎才。愿时虚中^⑤以镇之。人爱不如自爱也。

【注释】

①陆景邺:陆梦龙,字君启,又字景邺,浙江会稽人,生卒年不详。万历三十八年(1610)进士,授刑部主事,进员外郎。

②"以子墨之役"两句:子墨:汉代扬雄《长杨赋》中虚构的人物,后借以指文章、文辞。

③幽光:散发出潜隐之光,比喻人品好。

④知此时入都荣选:指陆梦龙万历三十八年中进士授职。

⑤虚中:摒除杂念,心神专注。

【赏读】

因拒绝首辅张居正笼络而两次落第，直到万历十年（1582）张居正亡，次年汤显祖才得中进士。二十七年后陆梦龙考中时，汤显祖早就在十余年前，弃官退隐临川。写下此信时，他的心情并不复杂，而是语重心长，讲了自己对晚明官场的认识，及其对人生的感悟与对初心的坚持。

"第世实需才，亦实憎才。"这两句话指出的矛盾，是现实社会的真实反映。科举考试，是唐代以来选拔治国人才的重要手段，至明代却被八股固化之。在科举道路上的生员、举人、进士三级跳中，进士自然是大到国家栋梁之材、小到七品芝麻官知县的首选。然而毋庸讳言，中进士后，仕途并非就能一帆风顺。皇帝和执政朝臣的喜恶，必然会或大或小，甚或绝对性地影响对人才的实际选拔。很多时候，清正刚直者容易得罪权贵甚至皇帝，因而遭到排挤打击，阿谀奉承之徒则往往青云直上。要在两者之间取得平衡，颇难。汤显祖当然是人才，但由于他选择了正道直行，结果是两次落第，最终弃官，此后还被莫名罢职。"才"是被"需"还是被"憎"，有的执政者真是取舍随心，任性而为。

所以汤显祖接着说："愿时虚中以镇之。人爱不如自爱也。"这两句话含义甚深。大意是既入仕途，就得与执政者合作；但与其讨好别人，不如尊重自我。这使我们联想到，汤显祖中进士后房师沈自邠质问他："若进若退，当何处心？"(《酬心赋序》) 汤显祖在南京礼部任职时，其师罗汝芳责问他："子与天下士日泮涣悲歌，意何为者？究竟于性命何如？何时可了？"(《秀才说》)。两位老师都不满意汤显祖在仕途上的行为，前者责其徘徊于进退之间，后者责其总是激于义气，任意批判时政。汤显祖似乎都做过自我检讨，实际上却葆其本性，一意孤行，晚年尤道"人爱不如自爱"。这与屈原的"亦余心之所善兮，虽九死其犹未悔"(《离骚》)，或可谓同一心声的不同表现。

答高景逸[1]

　　门下为大道主盟，虽千里之驾，已及途穷，而秉烛之光，犹晞日莫[2]。翛其德音[3]，良深感幸。承问一日千古，其事何在。无欲主静[4]，谈学所宗。千古乾坤，销之者欲。有能一日，仁寿在斯，第概观斯人，有欲于世者未必能动，无欲于世者未必能静。就中消息，讵可详言。至于世局纷呶[5]，正坐人生有欲。世弃已久[6]，世寄为谁？或笑或歌，总未敢为翰音[7]之报耳。

【注释】

　　①高景逸：高攀龙（1562~1626），字存之，号景逸，无锡（今属江苏）人。万历二十年（1592）官行人司行人。万历二十二年（1594）上书弹劾首相王锡爵，被谪为广东揭阳典史。万历二十三年（1595）归家，与顾宪成讲学于东林书院。天启元年（1621）起为光禄寺丞。天启六年（1626）被阉党所迫，自沉而死。

②"门下为大道主盟"五句：途穷，指仕途路断；莫，通"暮"。
③翛（xiāo）其德音：谓书信飞来。
④无欲主静：顾宪成、高攀龙在东林书院讲学的主旨。
⑤纷呶（náo）：纷乱喧哗。
⑥世弃已久：汤显祖说自己罢职家居已多年。
⑦翰音：鸟高飞的声音。谓非居其位，无以为言。

【赏读】

东林党领袖顾宪成、高攀龙，都可视为汤显祖的同道友人。他被贬谪徐闻归来后，在仕途上曾得到过顾宪成的援引，虽然最终其事未成。东林党的另一领袖赵南星，曾为其子向汤显祖索求过八股文当范本，虽被委婉拒绝，但汤显祖在信中喻其为龙，表达了对他的敬重。汤显祖并非东林党人，而是因为在思想、政见上与他们有共同点，遭遇也有类似处，无形中成为相互支持的同道。汤显祖的政治态度，从他在南京任职时敢上《论辅臣科臣疏》批评时政，就得到了集中表现，而其"无欲主静"治理地方的思想、反对豪强掠夺的态度，则直接实施在遂昌知县任上。

然而，即使如高景龙这样的有志者，亦已日暮途穷，现实是如此无奈："有欲于世者未必能动，无欲于世者未必能静"，"世局纷呶，正坐人生有欲"。汤显祖对现实是愈加失望了!用世理想曾经使他长期徘徊于进与退,最终弃官而归,在他成功地转型为戏曲家且"四梦"已完之后,却问"世弃已久,世寄为谁"?这与莎士比亚"活着,还是死去"(《哈姆雷特》)之问,几乎同时发声,或许并非偶合。不同的是,莎剧中的哈姆雷特选择死去,汤显祖却把这一内在的痛苦,华丽地转变为"或笑或歌"的戏曲创作,最终成为他"世寄"的精神支柱。

寄董思白①

门下竟尔高蹈②耶？莼鲈适口，采吴江于季鹰③；花鸟关心，写辋川于摩诘④。进退维谷⑤，屈伸有时⑥。倘门下重兴四岳⑦之云，在不佞庶借三江⑧之水。芳讯时通，惟益深隆养，以重苍生。

【注释】

①董思白：董其昌（1555~1636），字思白，华亭（松江别名，今属上海）人。万历十七年（1589）进士，授翰林院编修。明光宗朱常洛做太子时，董其昌为其师。仕途中曾三进三退，官至南京礼部尚书。明代著名书画家、诗人。

②竟尔高蹈：万历二十七年（1599），时任翰林院编修的董其昌，第一次为避朝中纷争而还乡养病，家居二十余年。

③"莼鲈"两句：即成语"莼鲈之思"，谓怀念故乡的心情。典出《晋书·张翰传》："翰因见秋风起，乃思吴中菰菜、莼羹、鲈鱼脍。"张翰，字季鹰。

④"花鸟"两句：唐代山水诗人王维，字摩诘，曾置别

业于辋川，有画《辋川图》、诗《辋川绝句》。

⑤进退维谷：处于进退两难的境地。语出《诗经·大雅·桑柔》："人亦有言，进退维谷。"

⑥屈伸有时：即进退有度，合理地处理进退关系。语出《张衡·南都赋》："出言有章，进退屈伸，与时抑扬。"

⑦四岳：传说为尧舜时四方部落的首领，用来比喻待到董其昌复出做官之时。

⑧三江：历史上有多种说法。此处泛指天下江河，比喻借光。

【赏读】

贴切地运用成语典故来言志、抒情、叙事、说理，可以达到语意委婉含蓄、行文简洁凝练、风格典雅凝重的艺术效果，所以这成为自古以来人们喜用的表达方式。但用得好不好，也会影响到作品给人带来的审美感受。借用王国维的话来说，用不好是"隔"，用得好是"不隔"（《人间词话》）。汤显祖喜欢用典，在骈赋中连篇累牍，在诗文中也常见，从这封书信亦可见其一斑。

全文不足七十字，用了六个成语典故。言告病还乡，用季鹰、王维之典；言适时退避朝中纷争，用相关成语暗喻；祝来日重登仕途，用四岳三江作比。就是在今天的读者看来，这些成语典故也比较常见，又用得贴切，可谓言简意赅，形象鲜明，故觉"不隔"。

答凌初成①

　　不佞生非吴越通，智意短陋，加以举业之耗②，道学之牵，不得一意横绝流畅于文赋律吕之事。独以单慧涉猎，妄意诵记操作。层积有窥，如暗中索路，闯入堂序③，忽然雷光得自转折，始知上自葛天④，下至胡元⑤，皆是歌曲⑥。曲者，句字转声而已。葛天短而胡元长，时势使然。总之，偶方奇圆，节数随异。四六之言，二字而节，五言三，七言四，歌诗者自然而然。乃至唱曲，三言四言，一字一节，故为缓音，以舒上下长句，使然而自然也。独想休文⑦声病浮切，发乎旷聪⑧，伯琦四声无入⑨，通乎朔响。安诗填词，率履无越。不佞少而习之，衰而未融。乃辱足下流赏，重以大制五种，缓隐浓淡，大合家门。至于才情，烂熳⑩陆离，叹时道古，可笑可悲，定时名手。不佞《牡丹亭记》，大受吕玉绳⑪改窜，云便吴歌。不佞哑然笑曰：昔有人嫌摩诘之冬景芭蕉⑫，割蕉加梅，冬则冬矣，然非王摩诘冬景也。其中骀荡⑬淫夷⑭，转在笔墨之外耳。若夫北地⑮之于文，犹新都⑯之于曲。余子何道哉。

【注释】

①凌初成：凌濛初（1580~1644），号初成，别号即空观主人，乌程（今浙江湖州）人。科举不利，十八岁补廪生，六十岁赴乡试仍不中，最终以副贡资格选任上海县丞。通俗小说家、戏曲家、出版家。此信约作于万历二十六年（1598）。可参阅本书《答吕姜山》和徐朔方先生《汤显祖评传》中的"玉茗堂四梦的腔调问题"。

②举业之耗：汤显祖科场不利，隆庆四年（1570）二十一岁中举，万历十一年（1583）三十四岁才中进士。

③堂序：正屋。堂，堂屋。序，堂屋的东墙和西墙。

④葛天：葛天氏，传说中的远古部落。《吕氏春秋·古乐篇》载相传有葛天氏之乐，三人操牛尾而唱，共八曲。

⑤胡元：指元朝。

⑥歌曲：此指元曲（杂剧和散曲）。

⑦休文：南朝著名诗人沈约（441~513），字休文。他在诗歌声律上创"四声八病"说，对近体诗的形成产生了重要影响。

⑧旷聪：师旷，春秋时晋国的乐师，虽目盲而擅长弹琴辨音，故谓"聪"。

⑨伯琦四声无入：伯琦，应为"德清"。《答孙俟居》云"周伯琦作《中原韵》"即误"德清"为"伯琦"。四声无

入,谓周德清《中原音韵》"入派三声",即把入声合并到平、上、去三声之中。

⑩熳:同"漫"。

⑪吕玉绳:吕胤昌,字麟趾,又字玉绳,号姜山,浙江余姚人。生卒年不详。万历十一年(1583)汤显祖同年进士,《曲品》的作者吕天成之父。他曾以沈璟改本《牡丹亭》寄汤显祖,而隐去改编者的姓名,汤显祖遂误以为"《牡丹亭记》大受吕玉绳改窜"。

⑫摩诘之冬景芭蕉:唐代著名诗人、画家王维字摩诘。王维有《袁安卧雪图》,习称《雪中芭蕉》。他在大雪里画了一株翠绿的芭蕉,有好事者却"割蕉加梅",使得此冬景非彼冬景。梅在雪中,是生活中的真实景象,雪中芭蕉则是艺术思维的表现,即如汤显祖下文所说,"转在笔墨之外耳"。

⑬骀(dài)荡:艺术思维放纵而无所拘束。

⑭淫夷:恣意挥洒。

⑮北地:指明代诗文流派"前七子"领袖李梦阳,其祖籍庆阳,后徙河南。

⑯新都:指明代文学家杨慎,他是四川新都人。

【赏读】

这封信是汤显祖对《牡丹亭》声腔问题的一次正面回答。它不仅涉及戏曲史上的具体作家作品,更因汤显祖及其《牡丹亭》的地位,涉及明代中叶戏曲声腔演化和汤显祖对待这个问题的态度，以及戏曲创作和演出发展中的诸多问题。本文只能就此信择要言之。

引起汤显祖不满而写这封信的背景，是吴中曲家沈璟认为其《牡丹亭》不合音律，故擅自按昆腔窜改之。而吕玉绳隐去沈璟的姓名，把改本寄给汤显祖，所以汤显祖误以为原剧被吕玉绳大力改窜后，"云便吴歌"。问题是生活在昆腔产生之地的沈璟，完全不顾汤显祖并不是用昆腔来创作《牡丹亭》，而是用海盐腔被移植到江西宜黄地区后产生的变身宜黄腔。不仅《牡丹亭》，《玉茗堂四梦》中的另外三部作品皆如此。其中有两个重要原因：首先是汤显祖作为江西人，其创作传奇戏曲，自然首取当时江西最流行的声腔；其次是在汤显祖时代，昆腔尚未成为全国性的首要剧种，即便如此，在其他声腔尚流行之时，外地戏曲家也没有必要按昆腔去写曲词。

一个剧作家用宜黄腔精心创作的《牡丹亭》，在演出并发生了巨大影响后，竟然被独尊昆腔、自以为是的苏州戏曲家沈璟，擅自按昆腔的声律来加以改窜，汤显祖理所当然地既愤懑生气，又不禁哑然失笑，而后坚决加以反对。他以王维的"雪里芭蕉"图曾被好事者"割蕉加梅"的典故，讥讽沈璟胶柱鼓瑟、偏执拘泥，不知声律是用以表现内容的形式，"骀荡淫夷，转在笔墨之外"。戏曲家可以放纵恣肆地表现"意趣"，甚至不妨为"情"

害"律"，但决不能反之。《牡丹亭》一旦被"合律依腔"地改窜为昆腔，则必然削足适履，使其意趣大打折扣！所以汤显祖一再强调拒不接受改本，还特意写信给宜黄腔戏班的班首道："《牡丹亭记》要依我原本，其吕家改的，切不可从。虽是增减一二字以便俗唱，却与我原做的意趣大不同了。"(《与宜伶罗章二》)

虽然后来随着昆腔地位的日益提高，以《牡丹亭》为代表的许多南戏和传奇戏曲，都不可避免地被移植为昆曲，但汤显祖的声明和态度，不仅表现了他对自己生命之花的珍视，同时也还原了"移植"这个中国戏曲史上的事实。昆曲被以一个"雅"字总括，又被称为"中国戏曲之祖"，汤显祖的《牡丹亭》首屈一指，所以对其发展背景有一定了解，还是必要的。

寄李孺德[①]

闻孺德成进士，殊快。以孺德恂恂[②]孝友[③]，他日当不负此科名也。吾辈初入仕路，眼宜大，骨宜劲，心宜平。勿乘一时意兴，便轻落足，后费洗祓[④]也。顾仆一生拙宦，而教人宦乎！然亦以拙教也。

【注释】

①李孺德：李邦华（1574~1644），字孟闇，江西吉水人，汤显祖门人。万历三十二年（1604）进士，授安徽泾县知县，官至南京兵部尚书。

②恂恂：温和恭敬貌。

③孝友：孝顺父母，友爱兄弟。

④洗祓（fú）：原指古代沐浴斋戒，以除灾求福的祭祀活动，此指招祸而费力补救。

【赏读】

门人中进士，为师的写信祝贺，施以教导，寄予厚望,本是一件平常事。但汤显祖之语,发于其胸中之块垒。从其自贬"拙宦",自嘲以"拙教"去教"人臣",我们不难体会到汤显祖历经科举、仕宦各种艰难,想要有所作为,却无奈半路退出仕途后,心头的积郁。回溯上文,提醒初入仕途的弟子"眼宜大,骨宜劲,心宜平",不要意气用事,以免后患无穷,则无一字不充满对弟子的殷切期望。

寥寥数语,意绪起伏,过去、现在、未来,似乎都现于文表,却需寻思于言外。所谓意味深长,就是这样吧?

答邹宾川^①

弟一生疏脱^②，然幼得于明德师^③，壮得于可上人^④，时一在念，未能守笃以环其中^⑤。来去几何，尚悠悠^⑥如是，时自悲怛^⑦。屡拜良规，愧勉无量。僭评^⑧长公文字，知有当否。

【注释】

①邹宾川：邹元忠，字时效，号宾川，江西新建人，邹元标的族兄。生卒年不详。万历二十一年（1593）由举人任广东增城知县，迁福建延平府辖县为县丞，不就，归里。

②疏脱：此指任情放达、无拘无束。

③明德师：汤显祖之师罗汝芳。

④可上人：名僧达观和尚，其名真可，亦称可上人。

⑤守笃以环其中：笃守虚静，达于无所企求、无是无非之境。老子《道德经》第十六章："致虚极，守静笃。"《庄子·齐物论》："彼是莫得其偶，谓之道枢，枢始得其环中，以应无穷。"

⑥悠悠：忧愁思虑的样子。
⑦悲怛（dá）：哀痛。
⑧僭评：自谦越分妄评别人的文字。僭，谓超越本分。

【赏读】

在晚年向别人作自我评价，有的人往往会怀念已逝尊长，对当初违背其训表示愧悔，汤显祖这封信所表现的，正是这种心情。罗汝芳曾责备过他逾越性命之学，而"蹈厉靡衍，几失其性"（《秀才说》）。高僧达观想度脱他出家，甚至不惧深入万山丛中，去遂昌劝说。当年汤显祖对师友之引导，虽然"时一在念"，却有一段时期"未能守笃以环其中"，所以在仕途上一而再、再而三地遭遇挫折。幸而后来汤显祖深切地感受到现实政治、官场仕途实在是令人失望，最终选择了弃官归乡。否则，世无戏曲大师汤显祖，更无倾动千古的《牡丹亭》。

人们对社会人生的认识，总是要付出一定代价的，关键在于是否能够及时回头，坚持自我，使生命价值得到最大限度的发挥。汤显祖无须愧悔，因为他对师长，交出了在那个时代自己可能做到的最好的答卷。

答张梦泽[①]

丈书来，欲取弟长行文字以行。弟平生学为古人文字，不满百首，要不足行于世。其大致有五：弟十七八岁时，喜为韵语，已熟骚、赋、六朝之文。然亦时为举子业所夺，心散而不精。乡举[②]后乃工韵语。三变而力穷，诗赋外无追琢功，不足行一也。我朝文字，宋学士[③]而止。方逊志[④]已弱，李梦阳[⑤]而下，至琅琊[⑥]，气力强弱巨细不同，等膺文尔。弟何人，能为其真？不真不足行，二也。又其膺者，名位颇显，而家通都要区，卿相故家，求文字者道便，其文事关国体，得以冠玉欺人[⑦]。且多藏书，纂割盈帙，亦借以传。弟既名位沮落，复住临樊僻绝之路[⑧]。间求文字者，多村翁寒儒小墓铭、时义序耳。常自恨不得馆阁典制著记，余皆小文，因自颓废。不足行三也。不得与于馆阁大记，常欲作子书自见。复自循省，必参极天人微窈，世故物情，变化无余，乃可精洞弘丽，成一家言。贫病早衰，终不能尔。时为小文，用以自嬉。不足行四也。元以前文字，除名人外，不可多见。颇得天下郡县志读之，其中文字不让名人者，往往而是。然皆湮没，无能为名。名亦命也，如弟薄命，韵语自谓积精焦志，行未可知。韵语行，无容兼取。不行，则故命也。故时有小文，辄不自惜，多随手散去。在者固不足行，五也。嗟夫梦泽，仆非衰病，尚思立言。兹已矣！微言知而好我，谁令言之，谁为听之⑨！极知知爱，无能为报。喟然长叹而已。

【注释】

①张梦泽：张师绎（1575~1632），字梦泽，又字克隽，晋陵（今江苏常州）人，生卒年不详。曾任江西新渝知县、南京国子监学正、江西按察使。有《月鹿堂文集》。

②乡举：汤显祖于隆庆四年（1570）中举。

③宋学士：宋濂（1310~1381），字景濂，浙江浦江人，明太祖朱元璋称之为"开国文臣之首"。有《宋学士文集》。

④方逊志：方孝孺（1357~1402），字希直，号逊志，宋濂弟子。有《逊志斋集》。

⑤李梦阳：甘肃庆阳人，"前七子"领袖，与何景明并称"李何"。

⑥琅琊：指王世贞，其家族为琅琊王氏余脉。

⑦冠玉欺人：比喻非凡人物逞才欺世。冠玉，原指装饰帽子的美玉。

⑧临樊僻绝之路：即羝羊触藩，进退两难。语出《周易·大壮》："羝羊触藩，羸其角。不能退，不能遂。"

⑨"谁令言之"两句：语出司马迁《报任少卿书》："谚曰：'谁为为之？孰令听之？'"

【赏读】

自觉的文学创作，往往由自我意识起主导作用。万历三十六年（1608），五十九岁的汤显祖，在此信中对自己平生的文学创作，做了一个简括而完整的回顾，为后世提供了一份解读其人其文，进而解读明代文学相关背景的可靠文献，对于今天喜欢《牡丹亭》、爱好文学者也有借鉴意义。

抽绎汤显祖所说其古诗文的五个"不足行"，可以看到他由自己而及当代文坛，对明代诗文成就的基本批判是：诗歌与科举八股相互冲突，后者必然扼杀前者；明代古文成就止于明初宋濂，中晚明七子派之文，只不过是"不足行"的"膺文"而已；"名亦命也"，故作"膺文"的"膺者"虽满纸剿袭，却仗"命"以传，反之则被湮没；倘要"立言"，首先要得以撰写"馆阁典制著记"，退而求其次，"子书"也可成一家之言，其他都是"小文"，"自嬉"而已；"韵语"虽然自谓费尽心力，却未必可以传世，假若"不行"，则只怪自己"命"不好。

从文学史的角度看以上五点，可见在明代传统文学衰落、通俗文学兴起的背景下，汤显祖对自己个人和明代诗文的总体成就，都没有多少自信。他对科举制艺扼杀创作才情的批判、对七子派模拟式复古的抨击、对"名"与"命"关系的郁愤、对"馆阁著记"和"子书"之于"立言"价值的偏执，诚然既有文学发展趋势使然，也有个人因素在起作用，但就整个中国文学史而言，明代以小说戏曲为一代文学之代表，诗文在局部虽不乏佳作，但总体成就确乎难以和唐诗宋词、唐宋古文比肩。从这个角度看，汤显祖对自己、对明代诗文的评价，应当说是比较客观公允的。他自己就不是以诗文，而是以传奇戏曲"临川四梦"，特别是《牡丹亭》，奠定了在中国文学史上无人能够取代的地位，印证了对明代传统文学总体态势的看法。

与孙令弘①

孙君奇人也，乃知为公孙贵门，无所苦，而自以意性，好为苍渊简远不入世之文，所谓怪怪奇奇，只以自娱者耶？已而知君名为公孙子，高华中实有所苦，故激而为文章，慅牢而菀伊②。虽然，然年少亦何至是也。昨读《后宝晋斋记》，寥戾③绵延，出人语度之外。至云"春秋三十有一，周旋百湍，出罕素交，入偏室适"，公孙何其多恨也。晋王述三十年不为其从子所知④，山简三十年不为巨源所知⑤。以君之才气凝郁如是，交游内外，岂遂无足知子者耶！淡以明之，宽以居之，何知公孙之不复为公也。

【注释】

①孙令弘：孙弘祖，字令弘，浙江嘉兴人，生卒年不详。汤显祖欣赏其文，与之为神交。

②慅牢而菀伊：谓抑郁忧伤。慅牢，牢骚。慅，通"骚"。菀，郁结。

③寥戾:亦作"寥唳"。形容风声,引申为情调凄清高远。

④"晋王述"句:王述,当为王湛之误。《晋书·王湛传》:王湛少言而有才,人莫能知,兄弟宗族皆以为痴。兄子王济轻视之,后知其才高而不觉栗然,心形俱肃。叹曰:"家有名士,三十年而不知,济之罪也。"从子,侄子。

⑤"山简"句:山简,字季伦,官至征南将军。巨源,山涛字,入晋后官至司徒。山简是山涛之子。《晋书·山简传》载山简:"性温雅,有父风,年二十余,涛不之知也。简叹曰:'吾年几三十,而不为家公所知!'"

【赏读】

公孙贵门,未见得无所苦;寒士柴扉,未见得无所欢。作品的内容和风格,必然受到作者身世的影响,但个人的遭际发布于文字,往往会改变就其身世而言,似乎应有的样子。所以我们要走近作品,就不仅要观察作者的身世,更要透过身世之表,深入到作品之中,才能避免主观片面的臆想,看到其"出人语度之外"者,从而得到合乎实际的认识。汤显祖此信评价孙令弘之作,就很好地体现了这一鉴赏批评过程。沈际飞称之为"一篇题跋"(《独深居点定玉茗堂集》),点明了这篇文章的文体特征。

人生之苦,因人而异。汤显祖说,如果仅看身世,这位公子的作品,应该是率意而为,高蹈出世,怪怪奇奇,只为自娱而作的。然而读完方知,作者的身世,于"高华中实有所苦,故激而为文章",充满了抑郁忧伤,让人觉得"何其多恨"。也就是说,孙令弘的文章,是激于在现实中缺少知己,心有所感而发。人生渴望得遇知己,得之令人庆幸,失之令人悲伤,知己之叹因而自古成为文学创作的一个主题,其例不胜枚举。只要能写出人之常情,作品就会与只供"自娱"的有所不同,从而具有普遍意义和价值。汤显祖为我们提供了一个文学鉴赏范例。

答朱公子茂正[①]

不佞南都奉陪尊公[②]，清英大雅，日夜无倦。后稍疏阔，冰玉之姿，时映人心眼。年来自伤[③]，常阙于交游吊恤之事，而公子裁书远报，不以不躬为罪，推引秾至。琳琅满目，森然有声。转悲为庆，庆我虞蓟兄之有达人也。文字亦有无可奈何者，时也。年余寸阴，终宜努力。

【注释】

①朱公子茂正：朱茂正，浙江嘉善人，朱虞蓟之子，生卒年不详。其父与汤显祖在南京时期有交往。朱虞蓟，名廷益，字汝虞。万历五年（1577）进士，官至南京通政司右参议。卒于万历二十八年（1600）秋。

②"不佞"句：指汤显祖万历十二年（1584）授南京太常博士，至十九年（1591）贬徐闻典史期间。

③年来自伤：当指万历二十八年（1600）七月十六日，汤显祖长子士蘧卒于南京。

【赏读】

"文字亦有无可奈何者,时也。"一语道破了在特殊的情境下,文字也会无力传达内心情感的无奈。此文所叙之事,正是这一类。交游吊恤之事,最易使人感伤,而回复丧报,亦令人难以言表。何况逝者是自己仕宦南都时的同仁!何况在自己的长子刚卒于南都后收、复故人的丧报!

"清英大雅"赞逝者学而不倦,"冰玉之姿"赞逝者的风神清操。八字定评奉于灵前,吊者在"自伤"中无尽追思。转而振颓起衰,抚慰其子。这本是吊唁的常语常情,然"年余寸阴,终宜努力",以自励作结,虽非通常吊唁文的习惯,却恰见汤显祖情怀、出语之不同凡响。

答徐然明[1]

不佞为文,亦既衰矣。欲求今少壮能古文词者,时以自资。不可卒得,则取四方诸生文字玩之。体不必偶,而风神气色音旨,古今大小一也。然明文字,靓秀鲜婉,复流羡委长,少壮固如是也。不佞得受其光好,裨益良多。来教云,年事未臻,风期已托。然则予之资生而生之资予也,又已久矣。小序愧不文,亦谅其既衰耳。

【注释】

①徐然明:徐昭泰,字然明,昆山(今属江苏)人,县庠生。生卒年不详。

【赏读】

汤显祖很高傲,但也很谦逊,这得看对谁而言。拒绝当朝首辅拉拢,他可以不顾名利,坚持个性;对待后辈学人,他却能自我谦抑,不吝奖掖。不只是谦抑,他更愿意以老树庇护幼苗的姿态,展现新进英华的风采,并乐见新老交替而不心生妒忌。

汤显祖对后生说:"受其光好,裨益良多。""予之资生而生之资予。"以文坛宿耆的地位,要有怎样的心胸气度,才可以说出如此谦虚的话?道德文章,薪尽火传,人文传统之延续,颇赖于此。

与门人叶时阳①

生去平昌十余年②,初无所觊。儿子又鲜③一达者,乃为生绘像立祠④,此是贵乡笃谊。如生薄德,何以承之。然生在平昌四年⑤,未尝拘一妇人,非有学舍城垣公费,未尝取一赎金。此又可质之父老子弟而无择言者也。庚桑之社⑥,或以是耳。时阳积学苦志,宜便发去。令子文理近益邕⑦否?旦夕为平昌祝者,黄槐⑧、丹桂⑨间多得一二人,正不必皆临川桃李也。

【注释】

①叶时阳:叶梧,字时阳,遂昌人。《遂昌县志》作"叶于阳"。生卒年不详。兄弟三人俱经汤显祖介绍,受业于黄汝亨、岳元声。

②生去平昌十余年:平昌,遂昌别名。万历二十六年(1598)三月,汤显祖弃遂昌知县归里。

③鲜(xiǎn):少。

④绘像立祠:汤显祖五十九岁(万历三十六年,1608)

时，遂昌派画师徐侣云，赴临川绘其画像立祠供奉，春秋祭祀。

⑤四年：汤显祖于万历二十一年（1593）三月量移遂昌，万历二十六年（1598）三月弃官。"四年"或记误。

⑥庚桑之社：庚桑，复姓。老聃的弟子庚桑楚在畏垒之地，顺应自然，无为而治。居三年，大丰收。当地百姓感戴之余，想设神位供奉之。事见《庄子·庚桑楚》。

⑦鬯（chàng）：通"畅"。

⑧黄槐：本喻会试落第的举子准备次年再考，后世泛指应试。典出唐代李淖《秦中岁时记》："进士下第，当年七月，复献新文求拔解。曰：'槐花黄，举子忙。'"

⑨丹桂：比喻登科及第。《宋史·窦仪传》："（窦仪）弟俨、侃、偁、僖皆相继登科。冯道与禹钧有旧，尝赠诗，有'灵椿一株老，丹桂五枝芳'之句。"

【赏读】

为官一任，造福一方，这是古代好官对自己的基本要求，更是当地百姓对官员的最大期待。为官之后，能够获得当地官民立生祠供奉其像，春秋祭祀，表示感戴和敬仰之情，即可谓达到了地方官的最高境界。清代赵翼曾考证过建立生祠的历史，与汤显祖此书正好相互印证。《陔馀丛考·生祠》载："《庄子》庚桑子所居，人皆尸祝之，盖已开其端。《史记》栾布为燕相，燕齐之间皆为立社，号曰栾公社。石庆为齐相，齐人为立石相祠，此生祠之始也。"悠悠历史形成的立生祠荣耀，并非偶然砸中了知县汤显祖。

汤显祖在遂昌居知县五年，在其离任居家十余年后，当地派画师赴临川，为他画像建生祠供奉，以莫大的荣誉，充分肯定了其功劳。以清静无为的方略、清正廉洁的正气治理地方，助弱抑强，爱民如子，使士人立志，民风淳朴，政绩泽被后世——汤显祖做知县五年，公道自在人心，他的自我评价，毫无自夸之嫌，一幅"不要钱、不惜死"（《与门人时君可》），足以立生祠供奉的好官自画像，寥寥数语，跃然纸上。

复甘义麓^①

弟之爱宜伶^②学"二梦"^③，道学也。性无善无恶，情有之。因情成梦，因梦成戏。戏有极善极恶，总于伶无与。伶因钱学"梦"耳。弟以为似道。怜之以付仁兄慧心者。

【注释】

①甘义麓：甘雨（1551~1613），字子开，义麓或为其号。江西永新人。万历五年（1577）进士，选庶吉士。官至福建按察副使，升湖广参政，未任而卒。

②宜伶：演唱江西宜黄腔的艺人。宜黄腔是嘉靖年间，谭纶从浙江把海盐腔戏班带回其原籍江西宜黄后，与当地乡音俗调相结合而形成的戏曲声腔。汤显祖的"临川四梦"，原腔都是宜黄腔。

③二梦：指"临川四梦"中的《南柯记》（成于万历二十八年夏，1600）、《邯郸记》（成于万历二十九年秋，1601）。汤显祖与宜伶关系极为密切，如其诗《唱"二梦"》云："半

学侬歌小梵天,宜伶相伴酒中禅。缠头不用通明锦,一夜红氍四百钱。"

【赏读】

"人生而有情……或一往而尽,或积日而不能自休。"(《宜黄县戏神清源师庙记》)"情不知所起,一往而深,生者可以死,死可以生。生而不可与死,死而不可复生者,皆非情之至也。"(《牡丹亭记题词》)这些我们耳熟能详的句子,在今天看来是走近汤显祖的常识,然而在中国文学史上,却是源于晚明心学,彻底冲破程朱理学,追求个性自由、恋爱自由的划时代呼声。

此文说:"性无善无恶,情有之。"在晚明心学突破理学桎梏的基础上,再一次明确"情"之"善"者即爱情,深化了汤显祖的至情观。"因情成梦,因梦成戏"八字,则概括了表现"情"的浪漫手法。总观"四梦",无一例外,《牡丹亭》无疑是其杰出代表:以超越生死的爱情,对"情"之"善"者作了具体演绎;以杜丽娘之梦为始,展开了冲破黑暗、追求理想的时代命题。汤显祖充分肯定、着力表现、热情倡导的人生理想和主要戏曲观,都在其中。

答缪仲淳①

兄手书良厚②。弟有二亲,俱七十余,无出理③。留一官,止是缱④人物耳。知游中似兄无一俗滞态者,更能几人!江东道风何如,幸时以闻。

【注释】

①缪仲淳:杜稀雍(? ~1627),字仲淳,常熟(今属江苏)人。曾为闽抚许孚远的幕客,汤显祖与其交往颇深,有诗《忽见缪仲淳》二首、《七年病答缪仲淳》。

②兄手书良厚:万历二十六年(1598),汤显祖弃官归乡,缪仲淳此信当针对此事而来。

③"弟有二亲"三句:父母皆年高七十余,自己既已弃官,就没有再出去做官之理。

④缱(qiǎn):牵绊。

【赏读】

万历二十六年(1598)三月,汤显祖在近于知天命之年，断然弃遂昌县官职而归临川，彻底结束了其长达近四十年攻科举、入仕途，与其个性相违，却又不能不走的道路。复这封信给友人，应在弃官当年或次年，这时双亲皆已年逾古稀，汤显祖亦没有弃而复出的打算。在家尽孝道赡养双亲，固然是其主要考虑，但对官场彻底失望，不想再为此羁绊人生，是更为深刻的原因。

在汤显祖看来，坐衙门就是让清雅之士滞留于世俗之中。所以他夸赞缪仲淳可以置身世外，"无一俗滞态"；所以他在弃官归乡时抑制不住情怀，欣欣然吟道："彭泽孤舟一赋归，高云无尽恰低飞……春深小院啼莺午，残梦香销半掩扉。"（《初归》）此后，他用四年时间完成了"临川四梦"，用近二十年时间孝亲教子，最终安息在故乡的土地上。

与门人余成辅[1]

见足下何似?膏火自煎,净其膏而火自恬[2]。人生,火传也[3]。惜薪修祜[4],古有名言,念之。

【注释】

[1]余成辅:福建清流人,生平不详。汤显祖有诗《送余成辅归清流,成辅远游求应世之技,而好语清狂,勉之》。

[2]"膏火"两句:油脂因为能照明而致其燃烧,比喻人因有才能或财产而招致祸患。典出《庄子·人间世》:"山木自寇也,膏火自煎也。"

[3]"人生"两句:即薪尽火传。比喻思想体系、学问或技艺代代相传,没有穷尽。语出《庄子·养生主》:"指穷于为薪,火传也,不知其尽也。"指,通"脂"。

[4]惜薪修祜:薪火相传,修福积德。惜,又作"指",通"脂"。祜,福分。

【赏读】

"师者,传道授业解惑也。"唐代韩愈《师说》中的这句名言,被后世奉为圭臬。汤显祖是弟子的良师益友,他有多封书信教导、评说弟子的为人处世之道,表现了为人师者的风范。此文用《庄子》中的两个典故,一个赞扬弟子以恬淡的态度处世,一个教育弟子以广阔的心胸面世。最后归结为"惜薪修祜",生命的价值和意义,尽在其中。

"自恬"并非消极避世,而是不为名利所惑,不因贫富易心,有所为而有所不为。"火传"教人出离小我而心存大我,明白一个人的生命有限,整个人类却绵延无期。故传德于子孙后代,则生命结束而精神不灭。读汤显祖这封信,不禁想起当代诗人臧克家的诗:"有的人活着,他已经死了;有的人死了,他还活着。"(《有的人》)

与余成辅

先儒云,收放心①,即可记书不忘。足下静坐存想,数月来读书,觉有光景,不似往日。此如苦行头陀,忽然开霁,澜香千偈②,不足为也。今之隐几者,岂昔之隐几者耶③?

【注释】

①收放心:收起自我放纵的心性,专心致志地读书。语出《孟子·告子(上)》:"学问之道无他,求其放心而已矣。"

②偈(jì):佛经中的唱颂词。

③"今之隐几"两句:伏案而坐。语出《庄子·齐物论》:"今之隐几者,非昔之隐几者也。"

【赏读】

古往今来,总结读书方法,是我国的一个重要人文传统。例如孔子说:"学而时习之,不亦说乎!"(《论

语·学而》）荀子说："君子曰：学不可以已。"（《劝学》）陶渊明说："好读书，不求甚解。"（《五柳先生传》）

汤显祖此信结合道家和儒家的理论，提出"收放心"和"静坐存想"之法：主张要像孟子所说的那样，"收放心"以读书，才能"记书不忘"；要"静坐存想"，久而久之，才能感觉到学习有所进步。就读书要专心致志而言，"收放心"是如此，"静坐存想"也是如此。"静坐"即庄子提出的"心斋"（《人间世》）和"坐忘"（《大宗师》），皆要求人们摒除杂念，使内心单纯虚静，以达到物我两忘，读书与真知合一的境界。"静坐"才能"存想"，把学到的知识和思想，通过自身头脑的想象、演绎，转化为自己的东西，而不能像苦行僧那样，死记硬背，毫无己见。如此学问日益精进，今日之我，自然不再是昨日之我！

与幼晋①宗侯

君行殊慢,知留亦无以永客欢也。高、张、杨、徐②诗,一过已快。都有矩格,缊③藉深稳,不漫作,大是以清气英骨为主。后辈李粗何弱④,余固不能相如。恨未得见王止仲⑤、饶醉樵⑥诗。醉樵似是临川通人⑦也。

【注释】

①幼晋:朱谋𫗧,字幼晋,江西南昌人,明代宁献王七世孙。

②高、张、杨、徐:明初诗人高启、张羽、杨基、徐贲,有"吴中四杰"之称。

③缊:通"蕴"。

④李粗何弱:李、何,明代"前七子"领袖李梦阳、何景明。

⑤王止仲:王行,字止仲,号淡如居士,吴县(今属苏州)人。明初诗人。

⑥饶醉樵：饶介，字介之，自号醉樵、华盖山樵、醉翁。临川人。张士诚入吴，杜门不出，请为淮南行省参政。姚广孝（道衍）称其"为人倜傥豪放，书似怀素，诗似李白，气焰光芒逼人"。著有《右丞集》。

⑦通人：学识渊博而又融会贯通、晓达事理、足为人师者。语出汉代王充《论衡·超奇》。

【赏读】

汤显祖评价明诗，以批评七子派模拟复古的弊病为主，而很少谈论其他。此信独赞"吴中四杰"以"清气英骨为主"，批评"前七子"的代表人物"李粗何弱"，极为推崇明初诗人及诗风。汤显祖的这一审美倾向，在《答陆君启孝廉山阴》诗中也有明显的表现："何、李色枯薄，余子定安有？国初开日月，龙门实维斗。""龙门"，元末明初诗文大家、朱元璋称为"开国文臣之首"的宋濂。

回到"高张杨徐"，他们在文学史上又被称为"吴中四杰"。仅举高启的"雪满山中高士卧，月明林下美人来"一联，即当得起汤显祖"以清气英骨为主"之评。这是高启《梅花九首·其一》的第二联，对这联诗毛泽东极为欣赏，高启因而被誉为"明朝最伟大的诗人"。1961年11月6日上午，毛泽东三次致信秘书田家英，请他查找一首咏梅诗，后两次则指定要找上引那联诗的全文和出处。毛泽东读后,挥笔写下了对高启的这句评语(徐刚《痴情最是梅花落》)。毛泽东欣赏并记住的诗句,确乎为高启咏梅诗的灵魂。诗中美人映月、高士对雪两个意象相得益彰,表现出梅花的高洁,寄托了诗人在苦闷中的向往。高启化用了汉代袁安拥雪独卧、隋朝赵师雄夜遇梅花仙子的典故,其诗的意境却远远超越原典。由此向后延伸,是《红楼梦·终身误》对高启诗的化用:"空对着,山中高士晶莹雪;终不忘,世外仙姝寂寞林。"

然而,高启的《梅花九首》,清代沈德潜《明诗别裁集》、朱彝尊《明诗综》都弃而不收。可见文学鉴赏者的眼界格局,大不相同。特录高启这组诗的第一首如下,供读者清赏:

琼姿只合在瑶台,谁向江南处处栽。
雪满山中高士卧,月明林下美人来。
寒依疏影萧萧竹,春掩残香漠漠苔。
自去何郎无好咏,东风愁寂几回开。

寄张圣如^①鹾使

观人者,醉之酒以观其恭,予之财以观其廉。今所试于门下者,非众醉众浊地耶!石门之歃,夷齐比心^②。门下当有道处此,积水奋飞,未可量也。庾岭南枝^③,时勤梦想。惟益坚冰雪,以候春阳。

【注释】

①张圣如:张崇烈,字圣如,湖广应城(今属湖北)人。生卒年不详。万历十六年(1588)举人,万历三十年(1602)前后,任抚州乐安知县,与汤显祖相交当于此时。据内容和称谓,此信写于张圣如任广东鹾(cuó)使时

②"石门"两句:据传广州附近石门泉名"贪泉",饮之变贪。晋代吴隐之赴任广州刺史,过石门,特取贪泉之水饮之,并赋诗一首:"古人云此水,一歃杯千金。试使夷齐饮,终当不易心。"夷齐,孤竹君之二子伯夷、叔齐的并称,二人均不肯继位而隐居,事见《史记·伯夷列传》。

③庾岭南枝:庾岭,山名,位于今江西省大余县南,是

往来岭南、岭北之间的交通要道。岭上多植梅,故又名梅岭。南枝,借指梅花。汤显祖贬广东徐闻典史,对此印象深刻,后来在《牡丹亭·游园》中以此为背景。

【赏读】

"观人",一向为古代人文传统所看重。"子曰:始吾于人也,听其言而信其行,今吾始于人也,听其言而观其行。"(《论语·公冶长》)显然,汤显祖在此化用先哲的格言,以日常之事,勉励为政之德,寄望于广东盐运使者,要观其"恭""廉"而任用人员,以图治理好地方。其实孔子所言,不仅是知人善任的法门,也是日常相处的诀窍,充满练达人情、洞明世事的智慧。

缘于张圣如从汤显祖的故乡,升迁到其曾因被贬谪而驻足的岭南,汤显祖对他的关心,自然就显得更为深切。再由所去之地而想到"庾岭南枝",由己及人,给远行者一个美好的联想。后面所言操守似"冰雪",回归如"春阳",蓄蕴了美好的祝愿。数百年之后遥想当年,可知这样的书信,将带给友人怎样的安慰?

与沈华东[①]宪伯

世大治乱，常起于杀人；杀人，常起于杀万物。读老伯《树德堂稿》，始知吾兄谳鞫[②]多所全活，有从来矣。承谕代作，弟从来不能于无情之人，作有情语也。

【注释】

①沈华东：沈烝（zhēng），字华东，浙江桐乡人，万历十一年（1583）汤显祖同年进士。万历三十年（1602）三月，由济南府知府升为副使。副使又称宪副，"宪伯"指此。

②谳鞫（yàn jū）：审讯，亦作"谳鞫"。

【赏读】

司马迁曾因自身遭遇官刑，极为深刻地感受了酷法带来的伤害，究竟有多么沉痛！愤激于此，他在《史记》中写下了《酷吏列传》，鞭挞酷法及酷吏之酷，认为使天下太平、百姓安生的，是施行仁政而非滥用酷刑。他开篇说："老氏称：'上德不德，是以有德；下德不失德，是以无德。'"大意说道德高尚者，并不表现在形式上，这才是有德；而道德低下者，虽然在形式上执着于德，实际上恰恰失德。汤显祖此文提到司法长官沈丞的《树德堂稿》，题名当意源于此。有上德即有上行，故沈丞执法，"多所全活"。

汤显祖说自己"从来不能于无情之人，作有情语"。然而这样说，并不等于汤显祖认为不必以"法"治天下，而是不赞同以酷法统治天下。他认为只讲"有法之天下"，必定让人窒息；只有讲"有情之天下"，才能让人性得到舒展。与《青莲阁记》参阅所言，可以从一个侧面，使我们看到汤显祖的"情"与"法"之论，出于对晚明政治的批判，同时这也是他倡导文学主情论的社会背景。

与王相如①

相如才气横绝，欲下帷读书，十年乃出，甚善。不尽读天下之书，不能相天下之士。故曰外游不如内游。如仆老矣，居无可谈。得贞父②来，同卧语三日，差绝人意，亦时念及足下，恨远莫为致。余生时艺③批往。蓝翰卿④奇博士也，烦为道卷卷⑤。

【注释】

①王相如：福建清流人，生卒年不详。其人隐逸江湖，颇有文才，喜好收藏金石图书，与汤显祖和当时文士谢肇淛、徐𤊹、徐𤏡、钟惺等都有交往。

②贞父：黄汝亨（1558~1626），字贞父，浙江仁和人。万历二十六年（1598）进士，授江西进贤知县。万历三十三年（1605）迁礼部郎中。

③时艺：科举应试用的八股文。

④蓝翰卿：福建莆中人，汤显祖门人。生卒年不详。万历三十四年（1606）立秋后，遂昌人国子监生叶干来访玉茗

堂,为蓝翰卿转致诗文,求为弟子。汤显祖以《复门人蓝翰卿》答之。

⑤卷(quán)卷:真挚诚恳貌。也作"拳拳""惓惓"。

【赏读】

读书是人类汲取知识、健全心智、成其学问、完善精神的必经之路,其意义有千般解释,其感悟有万般说法。汤显祖认为,即使是"才气横绝"的人,能够排除外物干扰,立志闭门读书十年,也是很好的事情。

读书大抵有功利和非功利两种类型。在我国科举时代,"十年寒窗无人问,一举成名天下闻"的社会现实,促进了功利性读书之盛行。然而怀着这样的目的读书,确实是件相当辛苦的事情。汤显祖自己,就曾亲历了举子业多年的精神折磨。所以他虽然二十来岁就以八股文成名,其后却对之深恶痛绝。只有像陶渊明那样"每有会意,便欣然忘食"(《五柳先生传》)的超功利读书,才能令人感受到精神愉悦。

然而殊途同归,不论功利或超功利,"读书有用",无疑是人们对读书最为一致的感受。所以汤显祖说:"不尽读天下之书,不能相天下之士。"汤显祖的"读书相士"论,与孟子的"知人论世"说,大旨相同。

此外,汤显祖曾多次强调读书须与游历相结合,这里却说"外游不如内游",岂不是自相矛盾?其实非也。事物往往具有相对性,故从不同的角度论之,则可以有不同的要求。汤显祖以自己作比,来说明"内游":读书绝对不止于书本,与饱学之士坐谈、卧谈,交流、内省,皆为读书,所谓"听君一席话,胜读十年书"。汤显祖的体验,也给我们带来了有益的启示。

答吴屺阳①

时维正午②,礼直佳辰。偶将豚犬之儿,观于流水;特思鸾凤之友,蓄彼高山。眷何日以游兰,欲因风而采艾。乃辱冲华③,及于衰朽。角黍闵灵均之既馁④,梧仁感威凤之同飡⑤。雨茶开金缕之香,雪酒映青蒲之色。自美人之为美,与清者而皆清。诸附足以珍完,再肃手而鸣谢。

【注释】

①吴屺(qǐ)阳:生平不详。

②正午:端午节。

③冲华:至美之人、至上之德。

④"角黍"句:角黍,粽子;灵均,战国时期楚国诗人屈原的字。

⑤"梧仁"句:出于《庄子·秋水》:"夫鹓雏……非梧桐不止,非练实不食,非醴泉不饮。"飡,同"餐"。

【赏读】

时值端午,父子携游。观流水、思高朋、采艾叶、食粽子、喝香茶、饮美酒,自得其乐,享受人们以之为美的风物;神清气爽,所触都是天下洁净清芬之品。汤显祖以典雅清丽、整饬简洁的笔墨,描述了临川端午节的情趣和风俗,让失落人文传统诸多因素的我们,今日读来亦不禁悠然神往。

每年农历五月五日端午节,在民间普遍有龙舟竞渡和吃粽子两大习俗。对此传统,人们首先联想到屈原。但据闻一多《端午考》,端午节起源于古代吴越,龙舟则缘于其龙图腾崇拜,都出现在屈原之前。端午节纪念屈原的故事,则最早见于南朝梁吴均的小说《续齐谐记》、宗懔的《荆楚岁时记》。因为屈原投汨罗江而死,后世的人们,就把龙舟竞渡移植到屈原身上。之所以同时投之以粽子,是为了使蛟龙不去争食屈原的遗体。在历史的长河中,由南到北,端午节逐渐成为我国全民的传统节日。但是各地过节的情况,还是有所不同的。如汤显祖说了"角黍闵灵均之既馁",而未提到龙舟竞渡。他的故乡临川文昌里有没有大河呢?有的,足以供龙舟竞渡。这就是抚河。相传临川端午节的龙舟竞渡源于纪念屈原,其风俗盛行于唐代而保留至今,只是汤显祖此文没有提及。

在屈原的故里秭归,一直保持着端午节龙舟竞渡、投粽于江这两大民间公众聚集,举行纪念屈原活动的风俗,并流传着民间故事《我哥回》和《粽子歌》《招魂曲》。《我哥回》说屈原的妹妹幺姑,在哥哥死后化为小鸟,每年端午节前飞回故里,绕江啼叫"我哥回"。秭归的粽子以红枣为心,米白叶青,《粽子歌》以拟人化的手法歌颂屈原:"有棱有角,有心有肝。一身清白,半世熬煎。"《招魂曲》显然由《楚辞·招魂》改写而成,在龙舟竞渡时,由划船的汉子边划边齐声高唱,旋律深情悲怆,气势震撼人心。

年年岁岁共度端午,代代人人都可能有不同的感悟。"自美人之为美,与清者而皆清。"汤显祖借端午节写出的这一人生境界,同样高洁而有个性。

与汪云阳①

弟为雷州徐闻尉②。制府司道诸公,计为一室以居弟,则贵生书院③是也。其地人轻生,不知礼义,弟故以贵生名之。兑阳兄为记④,已立石。昨新志不录其文⑤,弟思兑阳兄有道气,其文非偶然者。仁兄宜一补刻之⑥,亦嘉惠后学意也。

【注释】

①汪云阳:汪道亨(?~1618),字云阳,怀宁(今属安徽)人。汤显祖同年进士,万历十一年(1583)官至兵部右侍郎兼右佥都御史,照旧沿任巡抚宣府。万历二十七年(1599)闰四月,由福建副使升江西右参政,此信当作于此任期间。

②徐闻尉:万历十九年(1591)五月中旬,汤显祖被贬为广东徐闻典史。万历二十一年(1593)三月,量移浙江遂昌知县。

③贵生书院:在徐闻县城北,汤显祖在当时县令熊敏支

持下,为之命名并创办之。

④兑阳兄为记:兑阳,刘应秋(1547~1620)别号。江西吉水人,万历十一年(1583)汤显祖同年进士,以探花授翰林院编修。记,指其《徐闻县贵生书院记》,见《刘大司成集》卷四。

⑤昨新志不录其文:新志,指万历二十九年(1601)成书、万历三十年(1602)付梓的《万历广东通志》。

⑥仁兄宜一补刻之:《万历广东通志》最终未收录刘应秋之记,但于卷五五"徐闻县儒学"条"书院"目下注:"曰贵生,谪典史汤显祖建。"

【赏读】

宋代诗人方岳,在中国诗歌史上并不享有盛名,但其诗"不如意事常八九,可与人言无二三"(《秋崖集·别子才司令》),却因揭示了深刻的人生哲理而广为流传。诗意看似消极,但警醒意义深刻。人生很难一帆风顺,人生又往往充满孤独感,一个人只有淡定地面对逆境,自强不息、珍惜生命,才能从容不迫地掌控自己的人生。在当年颇为僻远的岭南,汤显祖则更为直接地以"贵生"为宗旨,希望人们认识"天地之性人为贵",唯有"知生则知自贵,又知天下之生皆当贵也"(《贵生书院说》)。此信补充了汤显祖提出"贵生"说的缘由。

万历十九年(1591)贬官到徐闻任典史,这是汤显祖在仕途上遇到的一个重大挫折。但他并没有因此而消沉，反倒在踏上此地之初，就意识到"其地人轻生，不知礼义"，所以在徐闻县令提供给他的住地上，创办贵生书院，教人"自贵"生命，并由此推及"爱人"。汤显祖的教化之功，抓住了当地人们意识中最为薄弱的环节，以自己在逆境中奋进的人生，对"轻生"的徐闻人，作出了积极有为的"贵生"示范。

与宜伶①罗章二②

章二等安否？近来生理③何如？《牡丹亭记》要依我原本，其吕家改的④，切不可从。虽是增减一二字以便俗唱，却与我原做的意趣大不同了。往人家搬演，俱宜守分，莫因人家爱我的戏，便过求他酒食钱物⑤。如今世事总难认真，而况戏乎！若认真，并酒食钱物也不可久。我平生只为认真，所以做官做家，都不起耳。《庙记》⑥可觅好手镌⑦之。

【注释】

①宜伶：宜黄腔演员。伶，以演戏为职业的人。

②罗章二：以演汤显祖戏曲为主的宜黄戏班头兼演员。

③生理：生计。

④吕家改的：指吕玉绳（胤昌）寄来，实为沈璟以昆腔窜改的《牡丹亭》剧本。

⑤"莫因人家爱我的戏"两句：参阅本书所选《复甘义麓》。

⑥《庙记》：即《宜黄县戏神清源师庙记》，参阅本书所选此文。

⑦镌：雕刻。

【赏读】

此信和《与吕姜山》，各从不同的角度，涉及同一个问题：决不容许改窜《牡丹亭》一字一句，以损其"意趣神色"。《与吕姜山》从戏曲的腔调着眼，本文却从戏德提出要求。

汤显祖是一个优秀的戏曲家，他不仅能够写出《牡丹亭》那样优秀的作品，还要求戏曲演员若要演好戏，必先有戏德。宜黄艺人在和他长期合作的过程中，产生了深厚的友谊，但他并不因此而降低其要求。演员演戏的直接效益，当然是他们赚取的生活费用，这在情理之中，汤显祖对此不仅十分理解，而且也很关心演员的生计。但他认为生财有道，要有一定的超功利之心，演戏才能达到相应的艺术境界。那怎么才能使戏班不以财害意，从而保证《牡丹亭》上演的艺术质量呢？汤显祖针对戏德，提出"认真"二字，要求演员们首先要尊重原作，不因"过求他酒食钱物"而投雇佣者所好，使用改窜的剧本。

汤显祖要求"认真"，绝不是戏曲家之间的意气之争。他说:"虽是增减一二字以便俗唱,却与我原做的意趣大不同了。"可见,对艺术的认真或说是执着,来自认真做人的准则。认真做人,才能令人穷且益坚。汤显祖虽然从自身的经历中,痛感"如今世事总难认真,而况戏乎"!正是"认真"使其无论做官还是过日子,都不能风生水起,他却一生坚持不息。"做人"和"做戏",在他心目中根本就没有任何区别。

汤显祖的尺牍,一向以或凝练隽永,或清新典雅取胜。但这封写给民间艺人的信,文字表达却自然亲切、明白如话,可见其为人处世的另一个侧面。

寄李季宣^①

弟于兄交虽道义^②，情逾骨肉。废弃十余年^③，始得一通问，可谓有人心乎？想仁嫂以次百福。玉郎诸生几人？真州、石城^④，是吾属啸歌之路也。魂梦在兹，能无慨惝^⑤。弟弃官速娶^⑥，日甚一日。幸二尊人^⑦健饭，三儿^⑧粗能读书，不至忧能伤人耳。千里风期^⑨，曷胜契阔^⑩之叹！

【注释】

①李季宣：李枳，字季宣，真州（又称仪征，今属江苏）人。生卒年不详。万历元年（1573）举人，曾任山东济阳知县。汤显祖有诗《真州与李季宣》《留别李季宣》。

②"弟于兄"句：汤显祖万历五年（1577）落第南归，经真州时与李枳交游，时其任知县。请参阅本书所选《青莲阁记》。

③废弃十余年：万历二十六年（1598），汤显祖弃遂昌县令归家，这封回信当作于万历三十六年后。

④石城：南京的别名，或谓石头城。

⑤惝（chǎng）：惆怅。

⑥窭（jù）：贫困。

⑦二尊人：汤显祖指自己的父母。

⑧三儿：指汤显祖第三子开远。

⑨风期：友谊、情谊。

⑩契阔：久别思念之情。语出《诗经·邶风·击鼓》："死生契阔，与子成说。"意为朋友彼此约定，今生今世，无论生死离合，都要并肩而行。

【赏读】

汤显祖说："世总为情。"（《耳伯麻姑游诗序》）确如其言，爱情、亲情、友情，无一不令其萦怀。《诗经·邶风·击鼓》曾写下这样的誓言："死生契阔，与子成说。"何况汤显祖和李枕"交虽道义，情逾骨肉"。早在青年时代，他们就携游歌啸，而今汤显祖虽然弃官归里，梦魂却常思旧交。所以，在弃官归乡，音讯断绝十余年后，重得故人音书，汤显祖不禁心潮激荡。再读一读《青莲阁记》，我们对垂老汤显祖的思友之情，会有更为深切的体会。

唯有对知己，汤显祖可以推心置腹、无所掩饰。即如他弃官之后，生活速贫，艰难窘迫之状，"日甚一日"，此话只可对知交"李青莲"道，难为俗人言。但清雅淡泊的人，自能广其胸怀，安处贫困。汤显祖告诉朋友，自己双亲尚健在，弱子能读书，亲情足以慰其怀，友情足以宽其心，不至于被贫困潦倒击垮！总能以其旷达的胸怀，抚平人世的不平和伤痛，这就是汤显祖。

与无去上人[①]

秋净尚图借一臂袈裟地,听龙门[②]说法也。四香戒如教上。不乱财,手香;不淫色,体香;不讼讼,口香;不嫉害,心香。常奉四香戒,于世得安乐。

【注释】

①上人:佛家谓内有德智,外有胜行的上德之人。无去,生平不详。

②龙门:比喻声望高的人。

【赏读】

汤显祖提出的"四香戒",至今在临川一带广为流传,影响极为深远。"常奉四香戒,于世得安乐。"人仅一己之身,不过一生一世,执以宁静淡泊之心,修得内外皆香之境,又怎会不得安乐于世?诸葛亮《诫子书》云:"夫君子之行,静以修身,俭以养德。非淡泊无以明志,非宁静无以致远。"二文可相媲美,对读颇得嘉惠。

与康日颖①

读大作,瑽瑽琤琤②,鲜发可喜。加以珑琢,魁卷无疑。苏有妪卖水磨扇者,磨一月,直可两,半月者八百钱。工力贵贱可知。吾乡文字,近不能与天下争价者,一两日水磨耳。

【注释】

①康日颖:生平不详。

②瑽瑽(cōng cōng)琤琤:玉佩撞击声,形容音韵流转。

【赏读】

言不尽意,所以要写出好文章,就要下功夫琢磨,方可达到最佳的表达效果。唐代诗人有"苦吟"说,如:"吟安一个字,捻断数茎须。"(卢延让《苦吟诗》)"两句三年得,一吟双泪流。"(贾岛《题诗后》)汤显祖以苏州特产水磨扇为喻,说明"工力贵贱"与价值几何,是一个正比关系。苏州水磨扇在明代就相当出名，至今已有数百年传统。其工艺的关键在于水磨工夫，即用木贼草浸水后，反反复复地打磨竹扇骨，而后晾干，接着再用沙叶（属榆科）打磨，使其纹理细腻光洁。最后打蜡上光，使扇骨通体看起来像玉一般坚实、细腻、润泽。汤显祖认为文章和水磨工艺相通，都贵在舍得下功夫。

不过和扇子相比，文章除了追求表情达意，同时还要追求音韵效果，即有汤显祖所谓"璇璇琤琤"之音。由水磨扇联想到水磨腔（昆腔），也是一样的道理。用沈际飞评点此文的说法，汤显祖这个比喻，"学者不可不知"（《独深居点定玉茗堂集》）。

答乐愚上人①

此时世路人情，大非昔比。做官人失势，出游亦难如意。况衰飒老僧，数百里外，向朱门求嚫②，能悲施者几何人。安之矣，两贵人俱无报书。亦无庸相报也。莲社文③久附去，远公④有灵，世岂无具龙象大力者⑤，成此胜事。不必隐向鸡鹜索食⑥也。

【注释】

①乐愚上人：庐山栖贤寺僧。此信作于万历四十二年（1614）。

②嚫（chèn）：向僧侣布施财物。

③莲社文：指《续栖贤莲社求友文》，见本书所选。

④远公：东晋高僧慧远。他于晋太元六年（381）入庐山，在东林寺建白莲社。

⑤具龙象大力者：佛教谓诸阿罗汉中修行勇猛、拥有最大能力者。水行中数龙力大，陆行中数象力大，故喻之。

⑥向鸡鹜索食：比喻向庸俗势利的小人求食。鹜，野

鸭。此语化自屈原《卜居》:"宁与黄鹄比翼乎?将与鸡鹜争食乎?"

【赏读】

"人情势利古犹今。"(《三国演义》第一回)"势利",可谓世事人情中最伤人,也最令人厌恶的表现。在崇拜官本位的社会中,晚年的汤显祖,愈加痛感"做官人失势"之时,万事皆难。他本想续栖莲社,却因原拟提供资助者被罢职,最终未能践约,此事只好搁置。

栖贤寺僧乐愚上人,想向朱门求得布施,以了结汤显祖的心愿,汤显祖劝阻他不必"向鸡鹜索食",表现了一生一世的铮铮铁骨。趋势利,一向为高洁之士所不耻。正是他们与世俗抗衡,坚守了传统士风的一片净土。汤显祖的这封短简,承载了千秋志节。

答钱受之太史^①

文章之道，有尽所托。旷世可以研心，异壤犹乎交臂。存来感往，咸效于斯。或为风神形似之言，或以情理气质为体。惬^②一而止，得全实难。捧读大制，弘郁之文，深微之旨，丰美者如群凤搴萋^③，而朝阳溢其采；简妙者如高鸿巘嵘^④，而灵露发其音。渴者饮其情澜，倦者惊其神岳。翰天飞而不穷，卮日出以无尽^⑤。粲矣，备矣。而复垂音一介，奖借横拔。所谓沟中之断，宠以丹青；混沌之姿，鲜其眉目。通怀若斯，心感何极。不佞壮莫犹人，衰当复甚。世途瞶瞶^⑥，妄驰王霸之思；神理绵绵，长负师友之愧。赋学羞乎壮夫^⑦，曲度夸其下里^⑧。诸如零星小作^⑨，移时辄用投捐。盖亦寸心所知，匪烦人定者也^⑩。又何足掩空虚而对问，侈怡悦以把似^⑪者哉。江外^⑫三藩，时勤星使。如天西顾，候望有期。

【注释】

①钱受之太史:钱受之,钱谦益(1582~1664),字受之,号牧斋,世称虞山先生,常熟(今属江苏)人。万历三十八年(1610)探花。南明弘光朝为礼部尚书,清初为礼部侍郎。此信作于万历四十三年(1615),为致谢钱谦益作《玉茗堂选集序》。

②愜:满足。

③丰美者如群凤菶(běng)萋:菶萋,草木茂盛。比喻文章之丰美如同凤凰。

④巀嶭(jié niè):山高峻的样子,比喻文之简妙,如同鸿飞高远。

⑤卮日出以无尽:言论随心表达,日出日新。卮,卮言,即随心之言。语出《庄子·寓言》:"卮言日出,和以天倪。"

⑥瞢瞢:眼昏花不明,比喻昏暗。

⑦赋学羞乎壮夫:赋学,指诗赋、八股文。语出汉代辞赋家扬雄《法言·吾子》:"或问:'吾子少而好赋?'曰:'然。童子雕虫篆刻。'俄而曰:'壮夫不为也。'"

⑧曲度夸其下里:曲度,歌曲的节拍、音调,此指传奇戏曲。下里,亦作"下里巴人",本指楚国民间的俚俗歌曲,后泛指通俗文学艺术。语出战国时代楚国宋玉的《对楚王问》。

⑨小作:此指应酬之作,如为人诗文集作序、作墓志铭等。

⑩"盖亦寸心"两句:语出杜甫《偶题》:"文章千古事,得失寸心知。"

⑪把似:持与,交给。

⑫江外:指江南,钱谦益是常熟人。此与下文"西顾"之江西相对。

【赏读】

钱谦益是明末清初影响巨大的文学家、文学史家。他与汤显祖虽然不曾谋面,但其《汤义仍先生文集序》,格局阔大,眼光独到,堪称文章知己,汤显祖写此信答谢之。既是答谢,自然要为钱氏作品写上一番赞美之词,同时也要对自己的作品说几句自谦之语,这无须赘言。然而汤显祖毕竟是文章圣手,决不作寻常语,沈际飞赞此文"可敌刘勰《文心》"(《独深居点定玉茗堂集》),并非溢美之词。

为文致谢,一般说来自然要先表达谢意,汤显祖开篇却就为文用心与创作实际,极为精要地说道:在文学创作中,作家固然力求作品"有尽所托",而读者也力求穿越时空与其神交。然而言不尽意,无论追求"风神形似"还是"情理气质",作品能够达于一境足矣,虽然难以求全,但又何必求全!唯其如此,才能留下无尽的联想空间，让读者通过想象，去丰富完善各自心目中的艺术形象。汤显祖概括了一个文学的基本原理：作家—作品—接受，是文学活动的完整过程，三者相互作用，缺一不可。作为媒介的作品，无疑是其中最为活跃的因素，作者、读者都不能完全左右之，文学穿越时空的魅力和共鸣由此产生。

从文学理论引出对钱氏"大制"的赞美，虽于情于理，自然稳妥，却不是汤显祖的重点，而是要过渡到放低姿态说自己：赋是雕虫小技、戏曲是下里巴人、诗文是零星小作，至于成就如何，"寸心所知，匪烦人定者也"。这是自谦，更是自信，个中含义，不难品味。杜甫《偶题》云："文章千古事，得失寸心知。"汤显祖脱化其语，可谓心有戚戚焉，而略去的"作者皆殊列，名声岂浪垂"两句，用于汤显祖之人之作，其实也很恰当。

此文写于汤显祖去世前一年，可视为自我总结，但从以文答谢的角度看，对于其自我评价之低，则另当别论，而不能信以为实。

与喻叔虞①

　　见贤昆季②俱琅琅，如见松高。生在外最为吴越诸少所爱，归来十载③，始见叔虞爱我。叔虞有意成诗乎？学律诗必从古体始，乃成。从律起，终为山人④律诗耳。学古诗，必从汉魏来，学唐人古诗，终成山人古诗耳。叔虞力尚可为，如生老矣，尚能商量此道。恃爱言之，并以示我同好。

【注释】

　　①喻叔虞：喻应益，字叔虞，江西新建人。有诗名。生卒年不详。

　　②贤昆季：当指喻应益及其兄喻应夔。应夔，字宣仲，以明经官兴山（今属湖北）知县。

　　③归来十载：指万历二十六年（1598），汤显祖从遂昌知县任上弃职告归，至写此信的万历三十六年（1605）。

　　④山人：一般指隐居山林的士人，此当指不入流、诗法不正的学诗者。

【赏读】

学诗之道，虽然因人而异，却也有为人认同的方法。汤显祖说：学律诗必须从古体入手，如果从"唐律"起步，则不入流；学古诗必须从汉魏入手，如果从学"唐古"起步，亦不入流。也即是说，若想走上作诗的正途，无论古体还是律体，都应当从学习汉魏古诗开始，才能成功。在此姑且不论是否因为对七子派鼓吹"诗必盛唐"不满，所以汤显祖推崇汉魏古诗，只说他少年时即热衷于学诗，虽然后来科举业阻碍了这一爱好的发展，但最终还是回归诗道，并锤炼了扎实的功力，故其所论学诗的正确途径，实来自切身体会。

再从诗体的演变来说，律诗成熟于唐代，在唐代，甚至古体诗也是入律的，所以汤显祖认为唐诗统统不可学。因为格律必定会束缚诗情的表达，故初学者不宜由此入手。汉魏古诗虽说并非不讲韵律，但相对于律诗，则要自由灵活得多，更适宜初学者涵养性情。汤显祖主张诗学汉魏，与其主张"凡文以意趣神色为主"（《答吕姜山》），是完全一致的。言志与缘情，终究才是作诗的目的。形式有助于美化内容，却不应当束缚之。

与男开远^①

祖望孙荣,孙荣而祖不待。儿举于乡^②,父叹于室矣。柱联寄尔。"宝精神则本业固,谨财用而高志全。"我歌《鹿鸣》五十年^③,求一避债台^④不得,念之。

【注释】

①开远:汤开远,字伯开,汤显祖的第三个儿子。

②儿举于乡:开远万历四十三年(1615)中举,此信作于是年。因父病,开远中举后未赴次年春试。崇祯五年(1632)以举人谒选河南府推官,官至按察副使,监安庆、庐州军(正四品)。

③"我歌"句:《鹿鸣》,出于《诗经·小雅》,是群臣嘉宾的宴乐之歌,亦示招纳贤才之意。科举时代,举人中式称为赋鹿鸣,后来借以泛指科举考试。五十年,指汤显祖隆庆四年(1570)中举,至此已近五十年。

④避债台:古台名,本名谢(yí)台,周景王所筑。后因周赧王避债于此,故称避债台。典出《汉书·诸侯王表》。

汤显祖罢官后尝尽穷愁，故借用此典示子。

【赏读】

望子成龙，人之常情；教子为人，其父之责。孟子以来，我国几千年的人文传统，使告子、诫子、家训，成为家庭教育注重的内容，从而产生了不少传世之作，如诸葛亮的《诫子书》，被视为千古第一。汤显祖在其子开远中举时，赠予一副训诫对联："宝精神则本业固，谨财用而高志全。"要求儿子在仕进道路上，坚守节操、毋贪财利、清白传家、志存高远，汤显祖这副对联同样以独特的内涵，给后人深刻的启迪。

开远是汤显祖的儿女中成长较为顺利者，在科举、仕途道路上坎坷较少。汤显祖一生丧失多个子女，特别是其寄予厚望的长子士蘧英年早逝，给他带来了极为沉重的打击。等到第三个儿子开远中举时，贫病交加的汤显祖已经六十六岁，次年卒。有别于中举通常带来的举家狂喜，汤家是"儿举于乡，父叹于室"，痛感"求一避债台不得"，个中辛酸，令人不忍直视。然而汤家虽贫于财富，却不穷于精神。在其子科举得意时，汤显祖赠子家训之举和告诫内涵，不仅对其一家一代有益，也因普遍价值而足令世人借鉴。

卷二 序文

坐流云之碧阶,送沦霄之素月。
醉言有清人之许,离思多久客之怀。
归揽朝霞,赋成夕秀云尔。

答龙君扬①诗序

足下遗②物，兼问我属趣何似。一向无异，止有清夜秉烛而游③，白日见人欲睡。复是草庵河上，家徒四壁④，药肆人间，口无二价。一动九连之井，去舍百步之园。或临春送腊⑤，首夏⑥兼秋，定有欢悲，终焉翰墨。释兹而外，酒则时一中之；由斯以谈，色则谁为好矣！有子蓬⑦年扶床巧笑，大母魏夫人吹饴弄之⑧，有童孺之色。严君⑨用是欢笑，第欲我在云台之上⑩耳。足下年发⑪稍更骎骎⑫，好茂动声⑬，光我同契⑭。白云山川，远离隔矣。耿怀一章。

【注释】

①龙君扬：龙宗武（1542~1609），字身之，号君扬，世称澄源先生。江西泰和人。隆庆四年（1570）汤显祖同年举人，次年中进士，授苏州府推官，官至湖广布政司右参议，整饬兵备道兼学政。汤显祖有《前朝列大夫饬兵督学湖广少参兼金宪澄源龙公墓志铭》。此信作于万历七年（1579），龙

君扬时任太平府（今安徽当涂）江防同知。

②遗（wèi）：赠予；送给。

③清夜秉烛而游：比喻人生苦短，应及时行乐。典出汉代无名氏古诗《生年不满百》："昼短苦夜长，何不秉烛游。"

④"复是草庵河上"两句：隆庆六年（1572），汤显祖家邻居失火，祸及汤宅，之后十载，居无常所，故有此说。

⑤送腊：送走腊月。

⑥首夏：初夏，指农历四月。

⑦蘧：指汤显祖的长子士蘧。万历六年（1578）冬季出生，当时将及两岁。

⑧"大母"句：大母，祖母。魏夫人，指汤显祖的祖母魏氏。吹饴弄之，犹含饴弄孙。

⑨严君：古人对父母的敬称。

⑩云台之上：借喻将来科举高中，即如蟾宫折桂。

⑪年发：年龄与鬓发，此指时光、此时。

⑫骎骎（qīn qīn）：用马跑得很快，比喻功名发展迅速。

⑬好茂动声：事业有声有色。

⑭同契：同心，同志。此指科举同年。

【赏读】

龙君扬（宗武）和汤显祖同年中举，次年即中进士，汤显祖则名落孙山，但二人志趣相投，交情依然甚好。万历七年（1579），汤家遭遇火灾七年后，仍贫居于河上草堂中，次年汤显祖又遭第三次春试落第。在逆境中他收到了龙君扬的来信，作此诗并序答之。来信问其"属趣何似"，汤显祖答复以"趣"为意，表现了其身处逆境，不改初心的思想境界，以及对友人的思念之情。

为人一世，最难强求也最难保持的，恰是一个"趣"字。情趣、志趣、兴趣、乐趣、雅趣……"趣"有种种，因人而异。"趣"既涉及一个人的人生理想、审美取向，亦关乎其生活方式、审美品位。有趣者生机勃勃，无趣者死气沉沉。我这样说似有夸张之嫌，但对于人的精神境界而言，却并非毫无道理。

汤显祖不仅有趣，而且其趣"一向无异"。所以在烈火焚宅，园林尽废之后，"家徒四壁"，"药肆人间"，春试落第之时，除了必需的维持生活之道，尚能秉烛夜游，酒醉明月，舍悲逐欢，寄情翰墨，以芸芸众生之躯而超然物欲，尽可能释放性灵，在精神上虽苦尤乐，不与人同。这是汤显祖的个性，也是他长期以来形成的人格修养。

由于汤显祖善于感受生活之趣，因而在他的笔下，这个遭遇火劫后的穷家，充满了温馨和希望：年及周岁的长子士蘧已然"扶床巧笑"，成为四世同堂的汤家之快乐源泉，高寿九十的太祖母含饴弄孙，祖父母欢笑不止，而初为人父的诗人，则欣然憧憬着未来。

腊尽春来，夏去秋至，人生定有"欢悲"，取舍固不由人，感受亦因人而异。汤显祖这个作品，带给我们一股积极向上的力量。

寄户部周元孚①三首序

良书末有"未同"之语。未同者，谓附缁尘之人②，非结青云之士③。亭州④近汝颍⑤，又楚人善悲怨⑥，以故激亮淫沉⑦之叹，常绝他方。初见第六丈⑧时，其文章达士。省书⑨，不谓能于死生之际，解定⑩如此。夫善养气者，虽病不轻罢；善养心者，虽罢不乱。用是惝然⑪感怀。

【注释】

①周元孚：周弘禴（yuè），字元孚，生卒年不详。麻城（今属湖北）人。万历二年（1574）进士，授户部主事，降无为州（今属安徽）同知，迁顺天府（今北京）通判。官至监察御史，仕途上曾因言得罪，三次被贬。诗题既称"户部"，则当作于其尚未被贬无为州同知时。再考《问棘邮草》作于万历五年（1577）至八年（1580），则此信当作于万历五年汤显祖第三次春试落第时。

②缁（zī）尘之人：比喻世俗中品行低下的人。缁，黑

色;缁尘,世俗的污垢。

③青云之士:比喻地位显要者。青云,高空。

④亭州:麻城的古称。

⑤汝颍:指河南的汝水、颍水流域,其地自古有"颍固多奇士"之说。

⑥悲怨:主要指《离骚》所表现的悲愤、怨恻之情,产生于志士空怀忠信、才华而不得用世,反遭谗毁打击。

⑦激亮泾沉:韵调激越而情思深沉。

⑧第六丈:疑为周元孚兄弟辈的弘祁。

⑨省(xǐng)书:看到来信,有所醒悟。

⑩定:佛教语,谓心神安定而不烦乱。

⑪惝然:怅惘貌。

【赏读】

"谁谓一带水,隔契两人期?"(其一)得到汤显祖这组诗并序作为复信的,是时在北京任户部主事的麻城人周元孚,这时期的汤显祖,则因两次拒绝首辅张居正的拉拢,而两度春试名落孙山。拒绝拉拢,出于诗人高尚的品格,但对黑暗现实的感受,只会因此而更加深刻。周元孚为人,"倜傥负奇";周元孚为官,刚正不阿。这倒与汤显祖颇有几分相似,所以他的仕途经历也很坎坷,一生曾三次被贬谪,这就无怪乎汤显祖作诗相寄,诗序要先对其人品赞赏有加了。

汝颖多奇士，楚人善悲怨。山水人文的环境，往往赋予生活在其中之人独特的气质。不同于世俗卑鄙小人，周元孚既目下无尘，亦壁立千仞，个中缘由，只有汤显祖懂得，所以周元孚才会来信向他倾诉。汤显祖诗云："与子各烟尘，良书生缱绻。"（其二）可知二人在现实中，皆因不屑逢迎、屡遭打击而生不平之气，这才会相互引为知己。无论空间距离有多远，他们的心都是相通的。

"夫善养气者，虽病不轻罢；善养心者，虽罢不乱。"此可谓至理名言。话虽可溯源于《孟子》，但经汤显祖提炼后，意义已有所不同："养气"可作医理，用以养身，又可为修养，用以固本。由此生发开来，"养气"使精神强健刚正，"养心"使心境宁静恬淡。汤显祖这箴言，岂止用以慰勉友人？古人今人，皆可共勉。

寄叶明府①诗序

王逸少②、谢康乐③，俱山阴、会稽④之间可人⑤也。吏隐⑥偏成，发其山水之藏，乐其仁智之见⑦，人谓两君笔札耳。读逸少书记康乐卒所云云⑧，良深叹省。属者⑨读书灵谷山⑩中，有怀一首。

【注释】

①叶明府：生平不详。明府，唐以后多用来称县令或知县。

②王逸少：东晋著名书法家王羲之（303～361），字逸少。琅邪临沂（今属山东）人。曾任临川太守。官至右将军，世称王右军。

③谢康乐：南朝宋著名山水诗人谢灵运（385～433），以字行。生于会稽（治今浙江绍兴），祖籍陈郡阳夏（今河南太康）。小名客儿，世称谢客。袭封康乐公，世称谢康乐。一般认为刘宋元嘉八年（431），谢灵运任临川内史，元嘉十年（433）罪徙广州，以"叛逆"之名被处死于其地。

④山阴、会稽：今浙江绍兴的古称。绍兴在历史上曾以界河分为山阴、会稽二县，民国时期合并。王羲之后来迁山阴，谢灵运出生于会稽。

⑤可人：合人心意，或性情可取并有才德的人。

⑥吏隐：或以隐逸的心态居官，亦官亦隐；或以吏隐为隐逸形态，其意在隐。王羲之和谢灵运都曾任职临川，汤显祖此说指前者。语出《晋书·孙绰传》："（孙绰）尝鄙山涛，谓人曰：'山涛吾所不解，吏非吏，隐非隐。'"

⑦发其山水之藏，乐其仁智之见：《论语·雍也第六》：子曰："知（zhì）者乐水，仁者乐山。"意为聪明人喜欢水，性格像水一样活泼；仁德者喜欢山，性格像山一样稳重。

⑧读逸少书记康乐卒所云云：语焉不详。王羲之尝为临川太守，其母葬于临川，故他书有《临川帖》。谢灵运虽然被杀害于广州，杀身之祸却起于在临川拒捕，有诗《临川被收》。王、谢二事皆与临川有关，汤显祖所言或指此。

⑨属者：近来。

⑩灵谷山：位于抚州临川城东南，谷口有乡人所建谢灵运祠，山上有谢灵运所建道观和十景。

【赏读】

万历五年（1577）至万历八年（1580），汤显祖经历了第三、四次春试落第，却仍然不能放弃应试的准备，故读书于临川灵谷山中。在科举时代，士人要实现其个人、家族和时代共同认可的人生理想，一般只能靠自身努力去搏击科场。芸芸众生，谁能免俗？何况是志在上不辱先贤令名，下不负家族厚望的汤显祖？

"王谢""吏隐""灵谷山"，诗序中这几个词语之间的内在联系，表现了汤显祖在灵谷山中读经，因山水人文遗迹而引发的感想，诗歌则进一步挥发其情思。

"王谢"是六朝望族琅邪王氏和陈郡谢氏的合称，后来成为中国历史上显赫世家大族的代词。出于王氏家族的王羲之、出于谢氏家族的谢灵运，都曾在临川做过地方官。王羲之在中国书法史上有"书圣"之称，所书《临川帖》，留下了对临川眷恋的心迹；谢灵运则是我国山水诗的鼻祖，他开拓的灵谷山胜境，见证了其平生的一段历史。以临川之水为墨，以临川之山为诗，"仁智之见"在山水之间，这就是他们对人生之不如意，甚或血雨腥风的超然态度。

说到"吏隐"二字，此"王谢"皆可谓亦官亦隐，不过和王羲之初登仕途不同，谢灵运做官临川则形同软禁。临川给了他山水之乐，以宣泄其不甘被刘宋王朝奴役的愤激之情，然而他短暂的一生，最终以《临川被收》一诗，划上了沉重的句号。

千余年后的汤显祖，此时正如其诗所云："良马息高冈，丹经坐灵谷。"诗人一面致力于枯燥的读经制艺，一面憧憬着青云直上的世俗理想，但山间水边，清风徐来，灵性雅趣，依然故我。焉知其弃官隐逸之心，不是起于灵谷山中、备考之时？

"良深叹省"先圣前贤的行迹，影响到汤显祖的人生从"吏隐"之想，最终走向了彻底隐逸。此序写其未入仕前"读书灵谷山中"，有山水相伴，有书卷笔墨相依，自有隐逸之乐，然而入仕后仕途不顺，则使他向往"吏隐"，以此既满足家族的希望，又符合自己的性情。这表现在多年后续任遂昌知县，因温州"土风僻秀，吏隐正佳"（《答徐检吾光禄》），汤显祖打算移任其地而未果，干脆一走了之，把"吏隐"彻底变作了隐居乡里。终是性情占了上风。

赴帅生^①梦作诗序

丁亥^②十二月,予以太常^③上计^④过家。先一日,帅惟审梦予来,相喜慰曰:"帅生微瘦乎?"则止。予以冠带就饮,帅生别取山巾^⑤着予,甚适予首。叹曰:"人言我两人同心,止各一头。然也。"嗟乎!梦生于情,情生于适。郡中人适予者,帅生无如矣。乃即留酌,果取巾相易,不差分寸,旁客骇叹。记之。

【注释】

①帅生:帅机(1537~1595),字惟审,号谦斋,江西临川人。隆庆二年(1568)进士。

②丁亥:万历十五年(1587)。

③太常:汤显祖时任南京太常寺博士。

④上计:晋京述职以应考核。明代外官三年一察,京官六年一察。万历十二年汤显祖得此任,至是年三年。

⑤山巾:士人或山野隐士的日常便帽。

【赏读】

　　庄生梦蝶，是其"物我齐一"哲学思想的诗意表达（《庄子·齐物论》），汤显祖之梦，却是其"因情成梦，因梦成戏"（《复甘义麓》）文学因缘的呈现，其戏曲有"临川四梦"之称。本文对此不加以阐发，只意在说明"四梦"中的梦，虽为戏曲所依据的素材所有，却未必与汤显祖常常做梦、并以诗文记梦的现象无关。

　　帅机是汤显祖平生相交最深的知己。他年长于汤显祖十二岁，二人为忘年交。这篇小序以深切的情感、记梦的形式、比喻的手法，表达了得一知己，足慰平生的欣慰之情。

　　"梦生于情，情生于适。""适"是友情升华于现实的理想之巅，是绽放在长夜中的花朵之蜜。"适"于朋友是知己相遇，于爱情是两情相悦。二者看似有所不同，其实底蕴都是"懂得"。唯有懂得，方有所适。汤显祖提炼出"适"之一字，并明确地规定为"适予"，非常富有个性色彩；芸芸众生汇成人类，小我由此而升华为大我，又具有时代意义。所以说，"适予"可以引起千古共鸣。

　　对于汤显祖来说，"适予"指帅机在现实生活中是以诤友的品位，成为其知己。万历五年（1577）春试失利后，汤显祖开始创作他的第一个传奇戏曲《紫箫记》（未完成），此可谓试笔之作，无论是思想内容还是戏曲形式，其效果都说不上好。帅机很直率地说："此案头之作，非台上之曲也。"《紫箫记》后来改写成《紫钗记》，改写的原因虽然并非单一，但这也很能说明汤显祖对知己意见的接纳程度。

在现实生活中，朋友之"适予"，似易而实难。"适"本难逢，"适予"更是难上加难。因而自古良多感慨。汤显祖和帅机成为知交，堪比俞伯牙欣逢钟子期，而汤显祖说"两人同心，止各一头"，但"取巾相易，不差分寸"，借梦中的一顶山巾为喻，道出了其现实人生之大幸，深情绵渺，风趣贴切。

梦觉篇诗序

戊戌岁除,达公过我江楼,吊石门禅,祭从姑哭明德先生往反①。己亥上元,别吴本如明府去栖庐峰,别予章门②。予归,春中望夕③寝于内,后夜梦床头一女奴,明媚甚。戏取画梅裙着之。忽报达公书从九江来,开视则剜④成小册也。大意本原色触⑤之事,不甚记。记其末有"大觉"二字,又亲书"海若士"⑥三字。起而敬志之。公旧呼予寸虚,此度呼予广虚也⑦。

【注释】

①"戊戌岁除"四句:戊戌,万历二十六年(1598)。石门,在江西金溪西南四十里。从姑,山名,在江西南城县东南。明德(罗汝芳)曾在此建书院讲学,当年十三岁的汤显祖从学之。达公,达观禅师(1543~1603),名真可,字达观,晚号紫柏大师,门人尊为紫柏尊者,明末四大高僧之一。俗姓沈,吴江(今属江苏)人,十七岁出家,广研经教。万历三十一年(1603),因牵涉"癸卯妖书案"被捕入

狱，死于狱中。汤显祖与达观有深厚的感情。

②"己亥上元"三句：己亥，万历二十七年（1599）；上元，正月十五日；章门，南昌。达观别临川知县吴本如（用先）往庐山时，汤显祖正好在南昌，遂与其为别。

③望夕：农历十五日的晚上。

④刓（jī）：刻印。

⑤色触：谓两性有肌肤之亲。

⑥海若士：汤显祖二十八岁春试落第后，取"海若"为号，这是出于《庄子·秋水》的北海神之名。此时汤显祖已五十岁，自此以海若士为号，一作"若士"而常用。

⑦"公旧呼"两句：寸虚、广虚，达观禅师为汤显祖受记所取的法号。

【赏读】

万历二十七年（1599）元宵，已弃官家居的汤显祖，在初春月圆之夜，做了个风情绮丽的春梦，梦醒成作。

与杜丽娘在牡丹亭畔梦见风流书生柳梦梅相反，汤显祖在卧室梦到的是一个明媚女子，调笑中"戏取画梅裙"让她穿着。梦中忽报达观来信，只记得所言大略是"色触之事"。

小序本已写得极其绮丽，诗歌以更加艳冶的色彩，对这场春梦加以描写，而其中情景如"花朝风雨深，同人醉三市"，亦不能不引人注意。两相印证，诗序中的

"色触"可解为两性幽欢,诗中的"三市",则是临川城勾栏酒舍之所在。如此一来,情事虽难以坐实,意味却不言自明。此诗和《牡丹亭》创作于同一时期,而在杜丽娘和汤显祖的梦中,都有梅花和"色触"引人联想,这不是偶然的巧合。

最后梦见"大觉""海若士"几个字,月夜春梦从绮丽归于超然,既是汤显祖对官场政治的意兴阑珊,亦是对有情世界的执着不渝。

哭娄江女子二首序

吴士张元长①、许子洽②前后来言，娄江③女子俞二娘④秀慧能文词，未有所适⑤。酷嗜《牡丹亭》传奇，蝇头细字，批注其侧。幽思苦韵，有痛于本词者。十七惋愤而终。元长得其别本寄谢耳伯⑥，来示伤之。因忆周明行中丞⑦言，向娄江王相国⑧家劝驾⑨，出家乐⑩演此。相国曰："吾老年人，近颇为此曲惆怅！"⑪王宇泰⑫亦云，乃至俞家女子好之至死，情之于人甚哉！

【注释】

①张元长：张大复（1554~1630），字元长，昆山（今属江苏）人，四十岁失明，自号病居士。著有《梅花草堂集》。

②许子洽：许重熙，字子洽，常熟（今属江苏）人，生卒年不详。

③娄江：今江苏太仓。

④俞二娘：张大复《梅花草堂集》卷七"俞三娘批《牡丹亭》"条，所载与此序略同，但误记二娘为三娘。

⑤适：旧称女子出嫁。

⑥元长得其别本寄谢耳伯：《梅花草堂集》卷七"俞娘"条云："吾家所录副本，将上汤先生。谢耳伯愿为邮，不果上。"谢耳伯（？~1629），谢兆申，字伯元，福建邵武人，汤显祖曾为其《麻姑游诗》作序。

⑦周明行中丞：周孔教（1548~1613），字明行，江西临川人，万历八年（1580）进士。曾任临海知县，官至应天府（今南京）巡抚。巡抚，明清两代亦称为中丞。

⑧王相国：王锡爵（1534~1611），字元驭，号荆石，娄江（今江苏太仓）人，万历年间任首辅。

⑨劝驾：《明史》卷二一八王锡爵本传载，万历三十五年（1607），明世宗特加时已家居的锡爵为少保，屡遣官召之，三辞而不允。

⑩家乐：家中蓄养的歌伎和戏班。

⑪"相国曰"三句：指王锡爵观赏《牡丹亭》后，想起自己十七岁即守望门寡，以致精神错乱，最终死去的女儿王焘贞。

⑫王宇泰：王肯堂（1549~1613），字宇泰，金坛（今属江苏）人。万历十七年（1589）进士，选庶吉士，授翰林检讨。降调复出，荐补南京行人司副，官至福建参政。肯堂精于医学，著有《证治准绳》《医论》等。

【赏读】

万历四十三年（1615），弃官家居十七年，离去世仅剩一年的六十六岁汤翁，因《牡丹亭》而神交娄江女子俞二娘，同时和已去世五年的前首辅、娄江王锡爵产生了一次错时空交集。俞娘是被杜丽娘唤醒了灵魂，却又在十七岁妙龄"惋愤而终"的少女；王锡爵是失去十七岁的爱女王焘贞后，观赏《牡丹亭》而"颇为此曲惆怅"的老父。这篇诗序以当代现实生活中发生的两件真人实事，抒发自己对所处社会的痛感，让我们深刻地体会到这部旷世传奇，在面世时就产生了怎样动人心魄的魅力！

"情之于人甚哉！"汤显祖的戏曲以情为主，"情"是创作"四梦"的主要动力。当他得知自己最得意的作品，对当世少女和老夫都产生了如此重大的影响时，不禁情动于衷，发而为诗，成为记录《牡丹亭》作者和受众之间，产生共鸣的最直接文献。可叹斯人已逝，否则在座师王锡爵和自己都脱离官场之后，师生二人能够有一次深刻的精神交流吧？

因为《牡丹亭》，一边是娄江的王锡爵在伤感十七岁即守望门寡，最终在精神错乱中"得道升天"的女儿，另一边是昆山的俞二娘在病卧床褥时，注目剧本良久，不禁情色黯然，遗憾杜丽娘"先我着鞭"`（张大复《俞娘》）。上述社会现实，赋予了《牡丹亭》更为深刻的内涵，而这些，都只能先表现在诗序中了。

"如花美眷"在杜丽娘终成现实，在俞娘和焘贞却终成梦幻，面对两个真实的十七岁少女，《牡丹亭》批判现实的力度之强、达成理想的希望之微，被显示无遗，使汤显祖再一次深刻地体会到，他所处的现实究竟有多么残酷！于是，感动着观看者的共鸣，怀着对他们的满腔同情，汤显祖写下这个作品时的沉痛，明显多于获得共鸣的欣慰。

诀世①语七首序

仆老矣。幸毕二尊人大事②。苫块③中疾弥留,已不可起。慎终④之容,仍用麻衣冠草屦⑤以袭。厝⑥二尊人之侧,庶便晨昏恒见。达人返虚,俗礼繁窒。怪之,恨之。恐遂滥⑦焉,先兹乞免。遂成短绝,用寄哀鸣。

一祈免哭:生平畏闻哭声。儿女孝敬,自有至性,不可强也。慎无情⑧哭成礼。

一祈免僧度:僧旧在门下者,无烦俗七⑨。儿辈持半偈⑩斋僧,念心经⑪数周足矣。

一祈免牲:肉食而鄙⑫,六十七年于斯矣。杀业有征,报何所底?每见牲奠,腥污涂藉,大非清虚所宜。乞哀姻游,幸免牲命,止求蔬水见遗。非徒省秽存洁,亦大为鄙人资冥福也。更烦屠宰到门不预乞免者,子为不孝。

一祈免冥钱:奠者楮币⑬相见,无烦金银山锭等物。

一祈免奠章：人生而伪，闻誉则悦。既反而真，闻谀则赧⑭。往见奠章，夸扬烂熳。长跪高诵，两为失体。窃不自揣，代中表⑮门生预为数语，无烦登轴，第书⑯素纸，奠毕焚之，殊觉雅便。万乞俯从。维某年某月日，某某祝曰："惟灵归虚返真，顾在姻（知）游，良深悲悼。兹陈素筵，附于兰菊，用妥灵心。呜呼上飨⑰。"

一祈免崖木：化者须材，沙木坚厚为度，崖不足眩也。至嘱，至嘱。

一祈免久露：地形取远所忌，无久留。

【注释】

①诀世：告别世界，犹遗嘱。

②幸毕二尊人大事：幸而已为父母送终。万历四十二年（1614）十二月，汤显祖之母去世。次年正月，其父去世。

③苫（shān）块："寝苫枕块"的省略语。苫，草席；块，土块。古代居丧时以干草为席，土块为枕。

④慎终：办理丧事。

⑤屦（jù）：用麻葛制成的一种鞋子。

⑥厝（cuò）：安葬。

⑦溘（kè）：死亡。溘然而逝。

⑧倩：请。请人，求人。

⑨俗七：即做七。旧时汉族的丧葬风俗。即人死后设立灵座，每日哭拜、供祭，每隔七日，请僧人做一次佛事，从"头七"起依次至"七七"，共四十九日，届时除灵为止。

⑩半偈：佛教典故。《涅槃经》十四谓释迦入雪山修菩萨行时，在罗刹处闻前半偈："诸行无常，是生灭法。"欲求后半偈，罗刹不肯，说欲得闻之，须舍身于此。释迦慨然允诺舍身求之，罗刹却止其死而告知后半偈："生灭灭已，寂灭为乐。"偈，附缀于佛经中的颂词，表达修行体悟，多为四句一首，类似诗。

⑪心经：指佛教的《般若波罗蜜多心经》。

⑫肉食而鄙：语出自《左传·庄公十年》曹刿论战，本指身居高位的当权者目光短浅。此指拒绝在丧礼中使用牲畜来祭祀，以免玷污其清虚之性。

⑬楮（chǔ）币：祭供时焚化用的纸钱。

⑭赧（nǎn）：因羞惭而脸红。

⑮中表：古代称父亲的姐妹之子女为外兄弟姐妹，称母亲的姐妹之子女为内兄弟姐妹，外表内中，合称中表。

⑯第书：次第书写。

⑰飨（xiǎng）：祭祀。同"享"。

【赏读】

《诀世语》作于汤显祖去世前一日，是他在告别坎坷不平的忧患人生前，留下的打破中国传统丧葬习俗的遗嘱。次日，即万历四十四年六月十六日（1616年7月29日），汤显祖逝于临川玉茗堂，终年六十七岁。这是世界戏剧史上一个值得纪念的重要日子：西方的莎士比亚、东方的汤显祖，都在这一年去世。无论是天意还是巧合，这两位属于全世界的戏剧大师，不论语种，无问西东，同年合上了世界文学艺术史上精彩的一页，为后人留下说不尽的话题。

要了解汤显祖去世前的心理活动，及其人格精神的最终完成，《诀世语》诗序对自己的葬礼完全违背世俗追求，而以从简为旨的交代，无疑是最重要的佐证。虽然此前父母相继过世，给了汤显祖沉重的打击，但毕竟为双亲养老送终，礼教人伦大事已毕，悲哀过后，也会有所欣慰。但是对自己就不一样了，在这组诗和序中，汤显祖对自己的丧葬，提出了"大破结习"（沈际飞《独深居点定玉茗堂集》）、震烁古今的"七免"要求，在人生的最后一程，完善了其至情至性、特立独行、不阿权贵、不随世俗的高尚人格。

汤显祖的诀世语之"七免"云：一免雇人哭，有儿女出于至性之哭即可；二免请和尚超度，儿女念心经就好；三免杀生祭献扰其清虚，蔬水见献足矣；四免烧金银山锭冥钱，取普通纸钱即可尽意；五免接受惯于阿谀奉承的奠章，以素纸书其自拟奠章最为雅便；六免制造昂贵的棺木，适于安葬就行；七免为选择吉地费时，尽快入土为安。

中国传统葬礼的形式有多复杂，汤显祖诀世时交代的葬礼就有多简单。因为家里贫穷而以简行葬，死后不以虚礼累及子孙，固然可以看作理由之一，但更为重要的是，汤显祖的生死观，早已超越了世俗传统和儒释道的一切说教，请子孙让他"惟灵归虚返真……兹陈素筵，附于兰菊，用妥灵心"。全文自书自奠，格调简淡高雅。如此通透生死，生前死后都在挣脱物役的"达人返虚"，又怎会在乎世俗虚礼之设？陶渊明为自己写下的《挽歌诗》，与汤显祖的诀世语，堪称中国文学史上的自挽双璧。

"七免"体现的生死观，无疑流露了释道二氏对汤显祖的影响，但他对至情至性的保持、对世俗人情的鞭挞，至死不变，则是"七免"更值得注意的内容。笑对死亡只求死后免去烦琐至极的哀荣厚葬，是汤显祖一生立志高远却仕途蹭蹬，一生至情至性却看透"人生而伪"，一生官居下品却自信"四梦"可以传世，一生痛苦于生死离别故求早日解脱等种种灵心省悟，在其生命历程最后的表现。

"七免"底蕴的彰显，即第五首诗序中的自奠文云"惟灵归虚返真"，是指肉体死亡，随土而化之后，超越肉体的精神，将获得永世长存。汤显祖是高其气节，不蝇营狗苟于权贵的狂狷之士；是"自平昌赤手归，橐中不名一钱"（丘兆麟《汤若士绝句选序》）的清官；是在传统诗文、科举制艺上均有成就，传奇戏曲更光耀千古的文学艺术大家。其"归虚返真"之"灵"，当然是指其品格精神、文学事业必定超越肉体，得到永生，最终实现《牡丹亭记题词》所说"死可以生"的美好理想。

写完诀世语，次日汤显祖在临川玉茗堂逝去。堂名得之于北宋年间，出现在临川的玉茗花（白山茶）。花无二本，仅此一株，后来虽然在临川绝迹，却成为高士的象征。汤显祖万历二十六年（1598）弃官归里后，新建家园的厅堂以此为名，即取喻于玉茗花之高洁。玉茗堂主和玉茗花一样，即便化作泥土，亦香远益清，弥永千古。

广意^①赋序

粤^②余小子,姓于天乙^③,以施于尼父^④,则我之自出鸿矣。而六艺^⑤于兹阙然^⑥。此岂称为明神后乎?恐后来者不知有小子。人生何常?语曰:"乐与饵,过客止。"^⑦日中则还,大不可不遴也。恶^⑧从人而悲伤,遂自广焉。

【注释】

①广意:汤显祖中举后累应春试不第,作此赋以自广胸怀,或曰自我排解。此后以"海若"自号。作于万历五年(1577),二十八岁。

②粤:同"曰",文言助词,用于句首或句中。

③姓于天乙:《史记·殷本纪》载,殷契至天乙凡十四代,是为成汤,此为汤氏得姓之始。

④以施于尼父:《史记·殷本纪》《孔子世家》载,周成王立微子于宋以续殷祀,而孔子之先为宋人。尼父,孔子的敬称。

⑤六艺：此指儒家的经典《诗》《书》《易》《礼》《乐》《春秋》，除《乐》而称"五经"，加上"四书"，是明代科举考试命题的范围。

⑥阙然：缺少或不完备貌。

⑦"语曰"三句：美好的事物可以吸引过客。语出自《老子》。

⑧恶（wū）：疑问词，哪，何。

【赏读】

"广意"，顾名思义，广其怀抱也，作于万历五年（1577），二十八岁的汤显祖第三次春试落第后。之所以有所作，是因为这次春试的高中与落第，其实只在汤显祖一念之间。若要高中，代价是情愿低下高贵的头，曲意奉迎首辅张居正，否则就只有名落孙山。

比起唐朝，明代的科举取士虽然显得相对严格，却未必能够做到完全公正，特别是在面对手握重权的执政者时。这一年，张居正为了让其子张嗣修春试高中，通过其弟张居谦，和曾做过相府塾师的宣城知县姜奇方，罗致当时文名甚高的汤显祖及其同年沈懋学，以便为其子高中的真相作掩护。汤显祖云："江陵弟子介令候余，余谢不敢当。意令且计最宠遴之矣。"（《宣城令姜公去思记》）结果登门上谒的沈懋学中状元，张嗣修中榜眼，姜奇方升迁户部主事，对拉拢"谢不敢当"的汤显祖则

"合理"地落第。

　　命运被当权者如此播弄，而非自己的才力有所不及，这当然让汤显祖感到愤愤不平。小序开篇以其姓氏源于成汤、孔子，表明出身高华不凡，接着自责学"六艺"不精，"岂称为明神后乎"，以反语表现了对当世权贵不满、不服的情绪。随后表明自己不会因为一时失意而放弃科举之途。结以"恶从人而悲伤，遂自广焉"，表明自己决不从俗自悲，亦不折节趋奉的意志是不可改变的。从此汤显祖科举和仕途果然均无坦途，同样的事件又在下一次春试重演，而汤显祖的品格入仕后也一仍其旧，否则，世无汤显祖！

　　这篇作品，赋写得生涩隐晦，了无意趣，小序却简洁明了，含义显豁。是的，"人生何常"？然自有不变者！"恶从人而悲伤"，此乃立身之本！

感士不遇赋序①

贾生②宦速达，知名汉庭，不为不遇，然尚尔③。令如张、冯、颜、贡④，命何如也？余行半天下，所知游往往而是。然尽负才气自喜⑤，故多不达。盖有未宦徒立数言而沮殁⑥者。其志量计数，忧人之忧，岂复下中人哉？或曰："天短之，然又与其所长，何也？"尚有数君子某某在，为作是赋。"谇⑦曰"以下，宽大之也。

【注释】

①或作于万历八年（1580），汤显祖三十一岁。

②贾生：贾谊（前200~前168），洛阳人，西汉初著名政治家，世称贾生。少年得志，汉文帝时召任博士，后谪为长沙王太傅，又召为梁怀王太傅，因梁王坠马逝，颇自责，郁郁而终。代表作有《过秦论》。

③尚尔：尚且如此。

④张、冯、颜、贡：张释之，西汉大臣，汉文帝时捐官出仕为骑郎，十年未得升迁，汉景帝时谪为淮南国国相。冯

唐，西汉大臣，汉景帝时以楚相被罢免，汉武帝时被举荐，但其年逾九十，无力赴命。颜，颜安乐，汉宣帝时立为经学博士，曾任齐郡太守。贡，贡禹，董仲舒再传弟子，汉宣帝时立为经学博士，汉元帝时官至御史大夫。后世尊为"贡公"。

⑤自喜：自鸣得意，自我欣赏。语出《庄子·秋水》："于是焉河伯欣然自喜，以天下之美尽在己。"

⑥沮（jǔ）殁：沮，失意；殁，通"没"，没没无闻。

⑦讍（suì）：古代乐章的尾声，相当于《离骚》末尾的"乱"。

【赏读】

这个作品写于汤显祖第四次春试落第后，和三年前的《广意赋》一样，因失意而自我宽解，但情怀更为沉郁。这两篇作品，都被徐渭评为直逼《离骚》，可见汤显祖对科举黑暗的现实极为郁愤。

和上科一样，万历八年（1580）张居正的长子张敬修、第三子张懋修都要参加春试，张氏故伎重演，派张懋修一再去京城旅舍结纳汤显祖，陪同者是时为都察院左副都御史的王篆。汤显祖对其许以高中的承诺亦不理睬。他说："吾不敢从处女子失身也。"（邹迪光《临川汤先生传》）把士子坚持气节操守，比作处女严守贞节，这话说得比万历五年（1577）落第时更为决绝。结果自然没有意外：这一次张懋修中状元，张敬修以二甲中进士,汤显祖又一次名落孙山。但这次落第带来一个意外的收获:老举人汤显祖"名益鹊起,海内之人益以得望见汤先生为幸"(邹迪光《临川汤先生传》)。由此可见,天下士并未因其落第而产生轻视,反而极其推崇其风骨气节。要知道,在那个时代,肯为风骨气节而拒绝送上门来的高位科名者,大约仅此一人而已。

《广意赋序》带有自负才气之情,此序则如其标题所说,感慨良深,情调沉郁。更为重要的是,汤显祖行半天下而环顾知游,终于痛切地感到:"然尽负才气自喜,故多不达。盖有未宦徒立数言而沮殁者。"才气之士,即是气节之士,他们往往胸怀用世之志、之才而正道直行,拒绝攀龙附凤,却总是被小人排斥打击,又何由"达"?执着于品格,明知其难而固守之,这就是汤显祖的高尚境界,也是其仕途坎坷不平的主要缘由。

只有在屡次遇到同样的事情,而以一样的方式对之,却得到一样的结果之后,汤显祖才可能写出这篇作品。其实在文学史上,东晋的陶渊明早就作过同题赋,类似的则有汉代董仲舒的《士不遇赋》、司马迁的《悲士不遇赋》。然天下有同样的题目,却有不一样的文章,因为所遇同而不同,所以人的所思所想,亦会因人因时而异。何去何从?这是从古至今人们都会面临的选择难题,而选择的结果,往往昭示了人格境界的高低。

龄春赋序

余太母为魏夫人①,年九十一二矣。动为小子治宾客,暴②书器。小子或违去信宿③,则卦卜。至游太学④,应诏辟⑤,为严装⑥送发,不啼也。小子受恩念深至。儿时病,不好床席,常以太母腹为藉⑦。至十余岁,补弟子⑧时,尚卧其肘。以是外出夜梦,常惟梦太母耳。私心不急于宦达,以是。而茨庐虽毁⑨,池林独存,三月仲旬,从游观上下,甚欢,纪事为赋。

【注释】

①余太母为魏夫人:太母,祖母。魏夫人(1488~1579),平生崇信道教,识字诵经,出生和逝世都蒙有道教色彩。如传说她是南岳夫人降世,死为尸解。

②暴:通"曝"。

③违去信宿:离家两夜。违,离开;信宿,两夜。

④太学:古代国家设立在京城的最高学府,又称国子监,此指南京太学。

⑤辟：应诏授官，指汤显祖中进士后授官任职。应诏，进士有天子门生之称，故云。

⑥严装：整理行装。

⑦藉（jiè）：枕藉，此指当作枕席。

⑧补弟子：考取县学生员，亦称秀才、诸生。

⑨茨庐虽毁：茨庐，用茅草或芦苇盖的房子，犹茅屋，古人谦称旧家房屋。隆庆六年（1572），时汤显祖二十三岁，家中房屋因邻家失火而延烧殆尽，十余年居无定所。

【赏读】

万历六年（1578），汤显祖的祖母魏夫人九十余岁，将及而立之年的汤显祖，陪伴祖母春游失火后的旧家池林，书写了感人至深的祖孙情。小序语言清浅朴素，感情真挚深切，比赋更为动人。

舐犊情深这个成语，人们常用来比喻父母对子女的深厚感情，而祖母对汤显祖的挚爱，丝毫不逊于此。在祖母的这份情中，当然有宗嗣得以延续的喜悦，然而更不乏对血脉至亲的天然厚爱。何况由于其母多病，汤显祖自幼由祖母抚养，是她以深沉博大的情怀，抚育着汤显祖成长。祖母逝世后，其情化作甜蜜深沉的记忆，伴随长孙度过艰难坎坷的人生。

聪慧的汤显祖出世时，祖母已经六十三岁。这个年纪才得到长孙，在古代可谓甚迟，所以汤显祖出世，对她无疑是一个莫大的安慰。赋中说魏夫人降生于南岳，固然有渲染的成分，但她确乎读书识字，崇信道教，习诵道家经文，九十岁还能读小字本的经籍。汤显祖深受道家影响，渊源于此。魏夫人喜爱园林，无疑自幼发展了汤显祖热爱自然的天性。其诗《从大母饮伯父园》《旧宅》《吾庐》，都写到祖母对大自然的热爱。此序写家中庐舍被火烧毁后，春天陪伴其游览尚存的池林，祖母"甚欢"，可见其优游自然的兴致有多高。次年魏夫人逝，这是祖孙俩最后一次去旧家园林，也是祖母最后一次春游。

汤显祖尚未断奶，就生活在祖母身旁。体弱的孙子生病时，喜欢用祖母柔软的腹部做枕席，在十余岁补弟子员后，他还喜欢卧在祖母的怀抱中。由于"受恩念至深"，汤显祖对祖母的感情，远胜于对自己的母亲，乃至长成后外出应试、游学，多梦的他常常梦见的人是祖母。作为背负着振兴家族希望的长孙，因为依恋祖母，汤显祖内心甚至"不急于宦达"，而祖母只要长孙外出两夜，必定牵挂不已，占卜打卦，祈求神灵保佑他。汤显祖的至情至性，焉知不是源于祖母温暖的怀抱？

并不只是倾情钟爱，养育长孙，魏夫人还为汤显祖接待宾客，打理书籍，并在外出前为他整理行装，送行时却不哭哭啼啼，而是把不舍和牵挂藏在心中。爱而不溺，严而深情，知书达理，爱好自然——祖母给汤显祖的影响，是他成长为世界文学巨子不可忽视的背景之一。读书每逢魏夫人祖孙同游，往往不禁想起杜丽娘游园时的憾恨："原来姹紫嫣红开遍，似这般都付与断井颓垣。良辰美景奈何天，赏心乐事谁家院！恁般景致，我老爷和奶奶再不提起！"

秦淮可游赋序

庚寅①晚夏望夕,风月朗清,人气萧爽。大仪伍君②命酒秦淮波上,肃舲③学宫,弭枻④乎斗门⑤,夷犹⑥中流。急管起于别航,名倡更于乐府,杂谑奇簋⑦,淹于丙夜⑧。同寅膳客郎两顾君、小仪蔡君,各极本量而止。欢如也。就中客郎,兴寄横发,待予正阳门⑨下。坐流云之碧阶,送沧霄之素月。醉言有清人之许,离思多久客之怀。归揽朝霞,赋成夕秀云尔。

【注释】

①庚寅:万历十八年(1590),汤显祖时任南京礼部祠祭司主事。

②大仪伍君:礼部郎中伍君,曾任澧州(今属湖南常德)知府,生卒年不详。"大仪"及下文"小仪",皆指在礼部任职者。

③舲(líng):小船。

④弭枻(yì):停下小船。弭,停止;枻,船桨。

⑤斗门：南京斗门桥，秦淮河流经此桥。
⑥夷犹：从容不迫的样子。
⑦簉（zào）：古同"萃"，聚集。
⑧丙夜：子时，犹三更半夜。
⑨正阳门：南京南面东头第一门，即今光华门。

【赏读】

　　自万历十二年（1584）七月，汤显祖到南京任太常寺博士，到其升祠祭司主事，时间已经过去了整整六年。一日他和同寅泛舟秦淮河，度夏夜良宵，纵诗酒之乐，好景当前，兴致大发，于是挥笔赋清风朗月，歌秦淮今夕。

　　南朝诗人谢朓《入朝曲》说："江南佳丽地，金陵帝王州。"金陵秦淮河是横贯帝都东西、养育南京的历史文化名河，历代有多少骚人墨客在此驻足，抚今追夕，歌啸吟咏，秦淮河水悠悠，注入滚滚长江，不知承载了多少欢乐和忧伤。这条河因晚唐杜牧的诗歌《泊秦淮》而声名更著，但汤显祖夜游胜景，心中生出淡淡乡思客愁，却不会有杜牧的怅恨伤悲。这当然不仅仅因为所处时世不同，更缘于汤显祖"世路未嫌千日酒，才情偏爱六朝诗"（《初入秣陵不见帅生，有怀太学时作》），金陵这个人文荟萃之地，同样适宜他抒发思古之幽情。

把汤显祖之赋和序相比,感觉序更好。好在他以清浅简净的文笔,呈现出秦淮河之夜"风月朗清,人气萧爽"的景象。先一笔两分,雅俗对照,勾勒出一幅有声有色、动静结合的河上月夜风情画:清风徐来,明月当空,朦胧烟波之上,一边是文人雅士载酒中流,逍遥泛舟,举杯对月,微醉即止;一边是名倡歌女急管繁歌,嬉笑戏谑之声,沉浸夜半水面。忽而逆转一笔:有客郎"兴寄横发",相约同坐于流云碧阶,同送素月西沉,互诉乡思客愁。就这样坐待月夜渐渐过去,尽揽满怀朝霞而归,引笔铺纸,写成文章。

读罢,但觉眼前清景无限,情思欲尽未尽,难以言说的美感和些微惆怅,弥漫纸上,氤氲心头。秦淮可游乎?令人心向往之。

嗤彪^①赋序

予郡巴丘^②南百拆山中,有道士善槛虎^③。两函^④,桁^⑤之以铁,中不通也。左关羊,而开右以入虎,悬机下焉。饿之,抽其桁,出其爪牙,楔而鋸之^⑥,緅^⑦其舌。已,重饿之,饲以十铢^⑧之肉而已。久则羸然弭然^⑨。始饲以饭一杯,菜一盂,未尝不食也,亦不复有一铢之肉矣。以至童子皆得饲之。已而出诸囚,都无雄心。道士时与扑跌为戏,因而卖与人守门以为常。率虎千钱,大者千五百钱。初犹惊动马牛,后反见犬牛而惊矣。或时伸腰振首,辄受呵叱,已不复尔。常置庭中以娱宾。月须请道士诊其口爪,镌剔扰洗各有期。道士死,其业废。予独嗤夫虎雄虫也,贪羊而穷,以至于斯辱也。赋之。

【注释】

①嗤(chī)彪:嗤,讥笑;彪,小老虎。
②巴丘:今湖南岳阳楼一带。

③槛虎:此指驯虎。
④函:此谓以笼关虎。
⑤桁(héng):条子,架子。此指用铁条隔断或打通两笼,以驯化老虎。
⑥楔而鏳(chěn)之:先用楔子紧紧塞住,而后斩其爪牙。鏳,斫,引申为用刀、斧等砍去。
⑦絚(gēng):粗绳子。此指用绳子缚住。
⑧铢:古代的重量单位,一两的二十四分之一为一铢。
⑨羸(léi)然弭然:瘦弱并顺从。

【赏读】

这是一篇思想深刻、辛辣揭露社会现实的寓言,它借驯虎以鞭挞现实,当作于汤显祖历经科举和仕途坎坷之后,表现了他对现实政治扭曲人性、打击正直之士种种弊端的感受。这类寓言在晚明兴起,《嗤彪赋》无疑是代表作之一,沈际飞评此作道:"事奇,一序已足。"(《玉茗堂选集》)

《礼记·檀弓下》云:"苛政猛于虎。"其文通过一个妇女为了躲避苛政,宁可在虎患之地居住的哭诉,以明喻的手法批判现实,让人不寒而栗。汤显祖此文写"猛",却落笔于细致描绘驯虎者对虎性的扭曲,变明喻为隐喻,在更为精深的思理中,突出了个性色彩。道士对虎先槛之、桁之,以羊诱之,而后再斩其爪牙以弱其体魄、改其饮食而变其常性，经过一系列残酷的折磨，最终灭绝了这山林之王的本性，让它雄心尽失，威风不再，任人戏弄，乃至惧怕犬、牛。最后虽让其守门，可知必定不如看家犬合格。

汤显祖把从外形到心性和行为，虎变为犬，因而受尽欺凌的原因，归之于其"贪羊而穷"。若说这是讽刺士人因惑于功名利禄之诱而丧失节操，固然没错，但其意义不止于此，而在于突出人与社会之尖锐矛盾。道士对虎施虐，一如当道者；被虐的小老虎，则如士大夫，要么被驯化而屈节于当道，要么舍仕途而自得于山林。汤显祖坚持节操，两次因拒绝首辅张居正的拉拢而落第，又因上《辅臣科臣疏》激烈抨击朝政，被贬徐闻、量移遂昌，最终弃官归乡，隐逸林泉。他在现实政治中的生存体验和最终选择，就是对这个寓言最好的注解。

感宦籍赋序

今上丁酉①三月,予以平昌②令上四年计③,如④钱塘,荡舟长日。箧中故有《高士传》⑤,慨然寻览之,无存也。童子故以《宦林全籍》⑥进。予览其书,书官、书名、书地、书号,大若麟角,细若牛毛。晰矣备矣⑦。反复循玩,亦可以奋孤宦⑧之沉心,窥时贤之能事⑨。感而赋之。

【注释】

①今上丁酉:明神宗万历二十五年(1597)。

②平昌:浙江遂昌的别名。

③上四年计:指汤显祖离遂昌去省城杭州上计。上计,地方官定期向上级呈报文书,报告地方治理状况。即知县年终将该县户口、垦田、钱谷、刑狱等况,编制为计簿呈送于郡,郡守再编制为郡的计簿上报朝廷,然后根据考核结果对官员进行升降赏罚。

④如:去,往。

⑤《高士传》：晋代皇甫谧著。原书采上古至汉魏八代高士，共记96人。

⑥《宦林全籍》：全国各地官府的花名册，专供官场应酬用。

⑦晰矣备矣：清晰完备。

⑧孤宦：地位低微而怀才不遇的边远地方官吏。

⑨窥时贤之能事：窥见当时有才德的人擅长之事。

【赏读】

万历二十五年（1597）三月，汤显祖从广东徐闻典史，量移浙东山城遂昌做知县，已经到了第四个年头。朝廷对地方官三年一次考评调动，他却被留任原职，无疑又一次丧失了重返朝廷的希望。以他在遂昌县令任上的政绩，得到这样一个结果，其实是相当委屈的。然而官场沉浮，往往是非莫辨，汤显祖依然无法左右自己的命运，于是例行公事，到杭州上计，接受顶头上司的考核。

这篇赋的精华，其实已尽于篇幅极其简短、内涵极其丰富、语调极其诙谐的序中。开篇第一句，汤显祖就直截了当地点明了此行的时间和公务，语气中明显地带有不平，却又巧妙地转为自嘲。从龙游乘船顺流而下去杭州，虽然在阳春三月，但这番"荡舟长日"之行，让人一点儿也感受不到江南春色的优美，更感受不到遂昌知县心情的愉悦。并非汤显祖对好风美景的感觉，忽然变得麻木迟钝，而是他这时的心境，既不同于夜游秦淮河时的闲适雅静，也不同于攀登罗浮山时的兴致勃勃。任遂昌知县三年，考评的结果，使他对宦海浮沉、命运无常、仕途坎坷感触良深，心绪为之消沉。这种心情，并不因舟行春水而变得兴奋起来。

无心观赏江山春景的汤显祖，却发了一番《宦林全籍》读后感。大有深意的是他写道，书箱里旧有的《高士传》莫名不见，书童随手递上来的，却是现实官场应酬的花名册。这件出乎意料的事情，奠定了序文嬉笑讥讽的基调。接着再回到《宦林全籍》，只说其册所载者之官名地号，被记得细大不捐，无所不备，读来令人厌烦之至。如果不是对官场的黑暗既痛恨又无奈，汤显祖如何能够出此笔墨！所谓"反复循玩"，不过是以嘲弄的口吻，抒发失意的怨愤而已。

以戏谑幽默的笔调，隐含对官场黑暗的不满，清平有情之世界，才是汤显祖对现实的向往。

酬心赋序

　　癸未①春，予举进士，经房秀水几轩沈师②，年少于予，心神迫清，而予方木强③，故无柔曼之骨。五月馆试，房举各得上其门士④。时冯君梦祯⑤谓沈师曰："子门中，固无愈⑥汤生者耶？"师曰："固也，恨生骨相凉薄⑦，不如徐闻邓生⑧。生甫终、贾之年⑨，而负河岳之相。必大拜者，其人也。"予闻斯言，服师人鉴。分以一县自隐，得少⑩进为郎，便足，无敢更攀师门，重累知己。偶晡⑪宴侍，师喟然曰："以子之才，齿至⑫而获一第，何也？凡人有心，进退而已，然观吾子之色，若进若退，当何处心耶？"予卒卒⑬谢起，作《酬心赋》答之。

【注释】

　　①癸未：万历十一年（1583），汤显祖春试举进士。
　　②经房秀水几轩沈师：经房，明清科举考试时，协助主考按所考经书分房阅卷的官员，也即分考官。沈师，沈自邠

（1554~1589），字茂仁，号几轩，又号茂秀，浙江秀水（今嘉兴）人。万历五年（1577）进士，授检讨，改庶吉士，历修撰。时以翰林检讨任礼部春试《尚书》分考。著有《尚书衷引》《诗文集》。

③木强：性格耿直刚强。

④"五月馆试"两句：馆试，春试后同年五月，在新进士中考选庶吉士。这年命大学士申时行等和吏、礼二部堂上考官考选，得季道统等二十八个庶吉士，汤显祖落选。

⑤冯梦祯（1546~1605）：字开之，号具区、真实居士，浙江秀水（今嘉兴）人。明万历五年（1577）进士。时为翰林院编修，后谪广德（今属安徽）州判官，迁南京国子监祭酒。著有《快雪堂集》。

⑥愈：超过，胜过。

⑦骨相凉薄：本指形体相貌显得单薄。此指汤显祖骨气强硬，坚持节操，不合于当道心意。他中进士后，其同年、当朝大学士张四维和申时行的儿子，都想与之结交，被汤显祖委婉谢绝。而沈自邠并不愿因为推荐他当庶吉士而得罪当道。

⑧邓生：邓宗龄。广东徐闻人。汤显祖同年进士，授翰林院庶吉士检讨。

⑨终、贾：汉代终军和贾谊的并称。两人皆年少时即以才气扬名，故后世以此称年少有才者。出自《后汉书·胡广传》："终、贾扬声，亦在弱冠。"

⑩少:通"稍"。

⑪晡:申时,即午后三时至五时,此指晚餐。

⑫齿至:指年老的千里马,负重上不了太行山。此指汤显祖二十一岁中举,但中进士时已三十四岁。齿,年齿。语出《战国策·楚策四》:"夫骥之齿至矣,服盐车而上太行……负辕而不能上。"

⑬卒卒(cù cù):不敢怠慢,立刻起立。

【赏读】

酬心,指相互表达心意,表达的方式可以不拘,但"相互"是基本前提。然而这篇答词写于汤显祖中进士时的房官沈自邠久逝之后。所以,亦不妨看作汤显祖的回顾或反省。赋末有一条小注:"予官止郎吏,沈师、邓生久逝矣。"沈自邠逝于万历十七年(1589),汤显祖官止于遂昌知县,若从万历二十九年(1601)被罢职算起,则此作当成于是年之后。

"骨相凉薄","若进若退",这是此序中汤显祖记录的、其中进士时房考官沈自邠对他最关键的考语。正是房师这样的看法,使他失去了被选拔为庶吉士的机会,今后晋升的通道也更加曲折,但也彰显了其志趣高洁,宁折不弯的高尚士人精神。

万历十年(1582),一代名相张居正去世,汤显祖科举路上的瓶颈终于打破,于次年中进士。这年他已经三十四岁,离其隆庆四年(1570)二十一岁中举,时间整整过去了十三年。然而虽然中了进士,虽然辅相换成了张四维和申时行,但汤显祖仕进道路上的障碍,并未因此而消除。当翰林院编修冯梦祯推重汤显祖时,房师沈自邠毫不犹豫地回答说,汤显祖无疑是本房新进士中成绩最优秀的。但是他接着说,可惜其"骨相凉薄"。这是什么意思呢?汤显祖在序中的解释是:"予方木强,故无柔曼之骨。"即骨气坚硬,不善逢迎。汤显祖没有说出的实情是,春试前当朝张四维和申时行的儿子,都想和他结交,并明确表示"意欲要之入幕,酬以馆选"(邹迪光《临川汤先生传》),却遭到汤显祖委婉的拒绝。他曾有两次婉拒张居正,因而两次落第的"前科",现在又"故技重演",得罪了当朝新权贵。作为朝臣的沈自邠,又如何能够无所顾忌地推举之?

汤显祖刚直不阿带来的直接问题是,按成例,每年春试后五月举行馆选,在二、三甲新进士中选拔庶吉士,庶吉士可以和一甲的状元、榜眼、探花共读于翰林院,实际上成了京官的候补人,此可谓升官捷径,何况拉拢者已给他开出了选单?由于汤显祖拒绝拉拢在先,房师自然不好推荐,落选是必然的。不仅落选庶吉士,汤显祖授职的日子也被推迟,而让他去观政礼部,实为见习。这说明不惧得罪当朝权贵,形成了朝官不敢推荐汤显祖的一种倾向。在错综复杂的人际关系中，有所顾虑者并不只是沈自邠。其实比汤显祖年轻的沈自邠，并非庸俗阴险之辈，所以他恳切地当面指出：以你的才能，迟至偌大年纪才中进士，就是因为徘徊于"进退"之间。要进则当明白官场的潜规则，否则就应当恬淡地隐退。像你这样"若进若退"，到底居心何在？这番话，既是房师的谆谆教诲，又是对其不能推荐汤显祖苦衷的暗示。对于老师的这番良苦用心，汤显祖自能领会，但当时也只能起而谢之。

汤显祖后来在京中做见习官，授官于南京礼部这样的闲散衙门，一晃七八年却被贬至徐闻做典史，最终官仅至遂昌知县就弃官归里。这一系列表现，说明沈师当年的规劝，虽不至于被其门生置若罔闻，却也没有被他奉为圭臬。不是不明白"进退"之理，而是自己本无"柔曼之骨"，始终不能为仕途之"进"而摒弃本心，仰人鼻息。

在当面聆听沈师教诲多年以后，我们看到了汤显祖对"骨相"和"进退"论的正面回应，更看到一个铁骨铮铮、君子固穷的汤显祖，最终还是以此退为彼进，从而成就了自己在戏曲史上的千秋大业。

张氏^①纪略序

晋人有言："比来离别，常数日作恶。"^②余为宽言之曰，生别犹可，死别何若。年过耳顺^③，愈不喜逆。戒客幸无以悲伤事相闻，即世间悲伤文字，亦不必见也。何也，其叙述世家坎坷流连，乃至若数冬而不遘^④一春，恒夜而不经一旦者。固却无视，视亦不竟。早衰恐神伤也。

属者^⑤客乃以昆山张元长所志六世以来行略见示，则有不忍不视，视而不忍不竟者。竟而去之，去之而复在几阁间。悱恻慨叹，一月而神弗怡。客曰："夙若某若某者，皆尝述其世家以烦子目。未见子不响然而艳^⑥也。读张氏略而泫然^⑦伤之，太比于人情与。"余解之曰："固也。吾亦世人耳。世之所喜，吾得不喜；世之所悲，吾得不悲！且彼其家男子而世缨组^⑧，妇女而世袆翟^⑨。外内休融，寿考^⑩咸遂。何德而至斯。张之世德，讵远于斯与，何久瘁而不艳^⑪也。"客曰："何如？"曰："其六世祖道瑾，起于赘婿，立而与妇愿归。孝弟力田，以有其子德声。为县从事，辄自免。自领赋万石以休其同人。迂骑而避少妇之涉者。岁晚，则与妇方浣枲纫缊[12]，以衣里中煢孺[13]；广糜饵[14]以饲囚，有德者矣。而子诸生唐文，乃二十二岁而死。且死，衣冠强起坐，使画工传之。曰，后人庶知吾赍志[15]以殁乎。妻为卢节妇也，抚其子抑甫。六岁时，秋夜，起见月华，云成五色蔽天。呼母卢起视。惊喜，令儿整襟肃拜。见短发萧萧印月下，恸欲绝。为述亡考[16]读书时事，相抱痛哭，而云中雁声裂然。嗟乎，闻此而有不泫然者，情耶。抑甫为诸生[17]，已复弃去。而其妇晋孺人，岁祭扫必戒必泣。曰，先姑有言，儿孙奉养有尽，但绿杨纸钱，年年如故，则儿家之祥也。至抑甫有子诸生宗翰，能文章，有当世之志。幸乃五十二而贡[18]于乡矣，终六十二而不受一命之荣。妇季，行年八十矣，而为其子食贫，繵繏[19]不能自休以殁。此岂不足悲乎！生子也才如元长，发舒五世之郁伊[20]，将是焉在。而为诸生且五十年，竟以病废[21]。至云母子之间，徒以声相闻者十四年。母病时，以手按母肌肉消减，含泣大恐。而母夫人犹喘喘好语曰，恨儿不见吾面，犹未有死理也。斯语也，闻之而不亦悲乎！天下有目者皆欲与元长目，不可得矣。有子铁儿而殇。有女孝仲，秀慧端婉，晓书传大义。所谓闺阁中钟子期[22]也。

为孟家妇,几年而复殇。天之困元长也,不愈悲乎!凡此数端者,客以为何如也。"客曰:"若然,诚悲矣。安知前所云世家者之先容愈张氏,而张氏后乃终不如前数世家耶。夫冬之必有春,而夜之必有旦,亦天道也。"予为嘻然㉓久之,曰,固也。语不云乎,天不可与期,道不可与谋。元长且置无悲,需诸季之后,幸乃如客言,可也。

【注释】

①张氏:张大复(1554~1630),字元长,昆山(今属江苏)人。著有《梅花草堂集》。

②"晋人有言"三句:离别使人数日心情不愉快。作恶,此指忧郁烦闷。语出南朝宋刘义庆《世说新语·言语》:"谢太傅语右军曰:'中年伤于哀乐,与亲友别,辄作数日恶。'"谢太傅,谢安;右军,王羲之。二人皆东晋人。

③耳顺:六十岁。语出《论语·为政》:"六十而耳顺。"

④遘(gòu):遇见。

⑤属者:近来。

⑥呴(gòu)然而艳:啧啧赞叹。呴,鸣叫,犹发出赞叹声;艳,艳羡。

⑦泫然:流泪貌。

⑧缨组:结冠的丝带,此处借指官宦。

⑨袆(huī)翟:泛指贵族妇女的服饰。《周礼》所记,

此为命妇六服之一，后妃礼服"三翟"中规格最高者。

⑩寿考：长寿。

⑪久瘁而不艳：长久不为人所知。

⑫浣枲（xǐ）纫缊：浣洗、制作衣物。枲，麻；缊，旧絮。

⑬茕孺：孤儿。茕，孤独。

⑭糜饵：泛指食物。

⑮赍（jī）志：怀抱志向。

⑯亡考：先父，亡父。

⑰诸生：生员，通称秀才。

⑱贡：贡生。由府、州、县学推荐到京师国子监学习的生员。

⑲绨繀：织麻。绨，通"辟"。

⑳郁伊：郁结不畅。

㉑废：残疾。此指张大复失明。

㉒钟子期：春秋时期名士，伯牙的知音。

㉓嘻然：感叹。嘻，叹词，表示惊叹。

【赏读】

万历四十二年（1614），花甲之年的昆山戏曲家张大复，收到了汤显祖寄来的这篇序。他心神激荡地说："先生之序，吾七世之神血在焉，安得无梦。"（《梅花草堂集·桐梦》）张大复四十岁即双目失明，此后读写都要依靠别人口诵、手记。他在听人读序后，切实地体会了汤显祖的至情，因而说出这样的话。的确，此时六十五岁的汤显祖，在经历了多次亲人死亡，特别是儿女之殇后，早就痛感"生别犹可，死别何若"，以己之痛而及人之痛，故读毕《张氏纪略》，深为氤氲其中的深情追思所打动，乃至数日萦怀，挥之不去。

汤显祖因何为别人家的事"泫然伤之"？座上客不解。他回答说，我不过是个凡人而已，"世之所喜，吾得不喜；世之所悲，吾得不悲"！悲世，而不仅仅悲己，这就是汤显祖的情怀！非此，不足以为他人之悲而悲。沈际飞说其文为"情至之文，不忍卒读"（《玉茗堂选集》），并非虚美之词。汤显祖非常善于捕捉细节和情境，以鲜明生动的画面，达到感人至深的效果。如张大复四世祖逝后，孀母弱子在夜半冷月下、雁声中怀夫思父，其情其景，无不令人动容。又如张大复双目失明后，"母子之间，徒以声相闻者十四年"，沈际飞说，"读至此，余不觉泫然掩袂矣"（《玉茗堂选集》）。

通过略述张氏累世事迹，汤显祖对生死无常、天道难期的开解，也同样值得品味，读之可以使人心胸豁达宽广，从而满怀希望地面对人生苦难。张大复深刻地体会到汤显祖的这番心意，所以在回信中说："如来教所云'数冬不遘一春，恒夜不经一旦'，从今以往，夫既已春之而旦之矣。铭刻，铭刻。"（《与临川汤先生书》之二）

兰堂摘粹序

我完素江侯，以文章家起大闽之西，而长予郡之金邑①。一时吏治，用决裂无所顾护为好。予独喜侯颜敦而气冲，有以下人。一见知其脱越世俗吏习，劲于酕醄②。盖期③而其政已效矣。治士大夫礼，而治民惠。韦朴之楚，不闻于境外，而稽比以时，讼无锾罚④工作之烦。然常有所愧悔，至为希少。盖向见侯之容，知其循且良焉，必矣。虽然，殆必学殖⑤与。

久之，授其为诸生时所集诸家言。盖抉玄而摽其粹⑥者。予受之，叹曰，侯殆有进于道者与！此其于古人之书也，不皆感乎目而成乎心。然且章而摘之，句而剽⑦之，编连而序之。固将为夫世之学者磅礴径省⑧，有可以给取乎是。而为夙所流缅⑨，意不能无爱之。虽以予之衰且老，而一接乎离离⑩诸家之言。感侯之勤，读而乙之，抚⑪而三之，尤不能无爱也。昔人之喻唾者，大如雾雨，细若珠玑，出乎人之精神一也。江汉之澜，漱⑫而为沟，取于美田。引其涓涓，泠华出泉，凡以汰故为鲜。不可谓非其全矣。尝试语之：六经[13]儒者之辨，莫灿于周、孔；天人之际[14]，为持其平。若夫老、庄之属，人而之天[15]；管、韩[16]之属，天而之人[17]。凡世之蕲[18]有所立言成书托名字者，必皆有一乎是。学士得而精之，通其数言，举可以摄理事而施于世[19]。世固莫有致其精焉者。

予知之侯之学殖矣。刑名短长[20]之说，不足相诱动，而其治独以俞俞欧欧[21]，凝重以慈，常出乎道德之意。并诸家所以表术[22]事形物机者，侯若皆有所得之，异时所施用当大著。此以薄示其精烈，令学者亦有以窥天地之全，百家不可废也。

【注释】

①"完素江侯"三句：江侯，江日彩（1570~1625），字德华，号完素，福建泰宁人。万历三十五年（1607）进士，授江西金溪知县，官至太仆寺少卿。

②酞醇：原指酒味醇厚，喻教化宽厚。

③期（jī）：匝，一年。

④锾（huán）罚：锾，古代主要指黄铜的重量单位。锾罚，后泛指断案后事主以钱财交罚款。

⑤学殖：学问积累增进，泛指学业、学问。

⑥抉玄而摽其粹：开掘深奥并显示精粹。摽，古同

"标"。

⑦剸（tuán）：截取。

⑧径省：简略。

⑨缬（xié）：古代印染绢布，使之有花纹的工艺。此指受到其文章的感染。

⑩离离：犹众多。

⑪拊：抚摸。此指细细地欣赏。

⑫潄：此指激荡。

⑬六经：儒家六部经典《诗》《书》《礼》《易》《乐》《春秋》的合称。

⑭天人之际：自然现象和社会人事之间的相互关系。语出于司马迁《报任少卿书》："究天人之际，通古今之变，成一家之言。"

⑮人而之天：放弃人为的努力而强调自然。犹自然无为。

⑯管、韩：管仲和韩非子。

⑰天而之人：忽视自然规律而强调人的能力。犹人定胜天。

⑱蕲（qí）：古同"祈"，此指追求。

⑲摄理事而施于世：作为法则来管理社会。

⑳刑名短长：刑名，先秦法家学派的别名，主张循名责实，慎赏明罚。短长，长短纵横之术。

㉑俞俞欧欧：从容和乐，百姓称颂。欧，通"讴"，犹

讴歌。

㉒术：通"述"。

【赏读】

在垂暮之年的汤显祖笔下，一个好官的学问与为人、为文、为政，都有不可分割的关系。江西金溪县令江日彩，就是有深厚学养的官员，他的崇高品德和施政才干，使汤显祖产生了对从容和乐、清静安适世界的向往。

汤显祖这样描写江日彩：观其仪容，宽厚而威严，没有丝毫俗吏习气；察其为官，以仁为政，治士以礼，治民以惠，有理、有制、有情；究其为学，集诸家之言，善于抉玄摞粹，融会贯通，化繁为简，精一通百，举世学者皆可从中获益。故再三读其文，爱不释手。

汤显祖认为，学识的积累，是涵养其人、其文、其行政能力的基础。他总结道：积学要"汰故为鲜"，精一通百，而非全而不精。诸子百家，各有所长，儒家的"天人之际"、道家的"人而之天"、法家的"天而之人"，举世凡立言、成书、成名的，必然都要精通一家之言，然后旁通诸家之言，这样才能纲举目张，为官一方。正是因为江日彩兼通诸家精髓，故其为官，不惑于法家之说，而以儒家之"仁"为纲，辅以道家的清静无为。官员都像江日彩这样来施政，就是汤显祖的理想世界。

江日彩任知县不过一年，其政已见成效，可知日后必然有大的成就。江日彩后来的表现，证明在其初入仕途时，汤显祖此序所言，实有知人之明。

不难看出，汤显祖认为儒道两家，一主一辅，是为官者尤需"精焉"之学，是吞吐百家之说的基础。对这一见解不难理解，因为汤显祖从童年起，就过着专攻"六经"、学习八股制艺的日子，才二十余岁，就成了声名远扬的八股名家。虽然他后来对科举制艺的态度由热转凉，但其学毕竟发轫于此，而道家思想的影响，从祖母魏夫人算起，则可谓家学渊源。所以关乎用世时，汤显祖既主张以仁为本，辅以教化，又主张以"清静理之"（《答李舜若观察》），他做遂昌知县时的治理方式，和江日彩可谓异曲同工。

超然楼集^①后序

於越^②通于吴，其地文物而风美。而处^③乃与江右^④邻，质以野。其氓^⑤既旷于法物之听，而吏于斯者，亦无以与于文章之观。盖平昌令局于面墙而无与语者，五年于兹矣。天幸於越大人临之，始与士民约，教以乡比之长，如《周官》^⑥禁其佚而敖^⑦者。至于童子小学，各有程。吏率惟谨。平昌令捧令而叹曰，公之文，其在兹乎！属者^⑧以参知天下事，其以文化成也何有。郡丞许公闻之，忻然^⑨曰："未也。公之文，有以开万世者。"乃帅十县令稽首而求发覆^⑩焉。

久之，乃得其超然楼所为文，各体具是。十县令起而卒业^⑪焉。大者若云汉委迤于天，而星含景^⑫流也；若山之延夷^⑬起没于地，而烟霞草木禽鱼光怪响象，莫不储以兴也。若观九奏^⑭《云》《咸》^⑮，淫于舞马歌嫔，而短章若奇音独奏，其凄锵诎然；又若孤嶂寒潭之秀以澄，而冰霰之泠历也。盖十县令始知，公之文有以极古今之变化，见天地之大全，而平昌令一旦出面墙而游通都,神明为之练汰,心容为之解舒。舞之蹈之,不可得而言矣。

既而顿首曰,试言之。窃意"超然"有五难:有殊绝秀卓伟厉之资,而后可以竟业。公有其资,一也。竟学然后其资庶以有所立于时而不废。公无所不学,而学必深,二也。孤绝而兴者危,得之而已后矣。公生而有忠父孝兄[16],家国之务,闻若性成,三也。虽满而动其中,外阻山川闲游之观,则不适。吴故文物风美之地也,游客大雅,将朝夕焉,意所至而开,四也。若宦而偏穷偏通,无屈折顿挫之迹,亦不能有所愤会而成文。公外朗而中已苍,世有知有不知者。物之态色,时之机趣,无所不经,而尽菀蓄[17]以游于文,五也。公有此五者,其睹于大全而变化极也,超然不亦宜乎。若平昌令者,生于质而野之乡。学而废于暗,仕而偏于穷,外无所发皇[18],而中有所底滞[19]。虽得公之文师之而万一也,亦可得而超然也乎哉!

于是九邑之令拱手而叹曰:"平昌令可谓污[20]而自知,不阿其好者矣。"因敬梓[21]而传之,殿以平昌令之言[22],附不朽云。

【注释】

①超然楼集:冯时可作。时可字元成,松江华亭(今属

上海）人。隆庆五年（1571）进士。此序作于万历二十五年（1597）。万历二十四年（1596）冯时可以湖北右参政分巡郧阳道旧职调浙江，任浙江处州（今丽水）守道参政。万历二十五年八月，以浙江处州守道参政升按察使兼参议。明代处州府辖丽水、松阳、景宁、缙云、青田、遂昌、庆元、宣平、云和、龙泉十县，故下文云"十县令"。

②於越：越国的古称，即今浙江或其所属绍兴。

③处：处州，今浙江丽水的古称。

④江右：即江西，古代以西为右。

⑤氓（méng）：古代称外来的平民，即流民。

⑥《周官》：《尚书》中的一篇。

⑦佚而敖：放纵而傲慢。佚，通"逸"；敖，通"傲"。

⑧属者：向来。

⑨忻（xīn）然：高兴、愉快。

⑩发覆：揭除蔽障，此指讲解、指点道理。

⑪卒业：犹读毕。

⑫景：日光。景，通"影"。

⑬延夷：夷延，地势平坦而广阔。

⑭九奏：古代行礼须奏乐九次。

⑮《云》《咸》：古乐《云门》《咸池》的简称，二曲并举则泛指古乐。

⑯公生而有忠父孝兄：冯时可之父是明末著名的"四铁御史"冯恩，冯恩因痛斥大学士张学敬、方献夫和都御史汪

铉奸佞不法，而触怒朝廷，下诏狱。当时其兄冯行可十三岁，伏阙上书，为父白冤。两年后斩期迫近，行可乃刺血为疏，向朝廷诉冤。帝览疏感动，说：忠孝乃出一门邪！乃得改戍雷州，六年后赦还。

⑰菀蓄：深厚的阅历积累。菀，通"蕴"。

⑱发皇：发达，即官运亨通。

⑲底滞：指自己仕途困厄。

⑳污：引申为明知不合时宜而有所坚持。

㉑梓：刊刻。

㉒"殿以"句：指为《超然楼集》作后序。

【赏读】

万历十九年（1591），汤显祖离开繁华古都南京，被贬谪到海天相连的广东徐闻做典史，万历二十一年（1593），量移浙江处州府遂昌做知县。在这民风质野、远离朝廷的深山中，他没有一个可以共语的朋友，孤独寂寞地度过了五年时光。所以，欣逢冯时可临官处州而得其文集，汤显祖欣然为十县令揭示其旨并作后序，大有心胸豁然开朗，精神为之振奋、心情为之舒畅的快感。

对于文集所带来的快感，汤显祖以挥洒自如的文笔，用一连串或气势磅礴、或含蓄优美的比喻加以描述，使形象跃然纸上。概括其总体审美风格，云"极古今之变化，见天地之大全"。这非同寻常的赞美，来自汤显祖主张学问既专精又全面,以达到变化无极的美学思想。就"超然"而言,他认为要达到此境有"五难",这是他就冯时可的经历、文集命名及其内容作出的阐发。汤显祖的"五难",可视为作家必须具备先天和后天两个方面的条件。先天条件:有天赋特别出众的资质以助学业,有"忠父孝兄"以助忠勇孝悌之性形成。后天条件:为学要"无所不学,而学必深",使天资为时为世所用而不偏废;为学要有"山川闲游之观",通过实际游历来丰富学识;为文要经历过人生"屈折顿挫"的磨难,才能有深刻体验而发愤创作。冯时可正是具备了上述五个方面的条件,故其作品"睹于大全而变化极",自然达到"超然"境界。

汤显祖总结的上述五个方面,既是对《超然楼集》的评价,也是对写作理论的一次总结。特别是读书要"精一而全"的标准,胜于自古对博学的追求。积学包括"山川闲游之观",既可见对杜甫"读书破万卷,下笔如有神"(《奉赠韦左丞丈二十二韵》)的发挥,又暗合董其昌"读万卷书,行万里路"(《容台别集·画旨》)的观点。至于要求"有所愤会而成文",则是对司马迁"发愤著书"说的继承和发扬。

耳伯①麻姑游诗序

世总为情，情生诗歌而行于神。天下之声音笑貌大小生死，不出乎是。因以憺荡②人意，欢乐舞蹈，悲壮哀感，鬼神风雨鸟兽，摇动草木，洞裂金石。其诗之传者，神情合至，或一至焉；一无所至，而必曰传者，亦世所不许也。

予常以此定文章之变，无解者。卧痾罢客③，忽传绥安谢耳伯游麻姑④诗数叶⑤。讽⑥之。古汉魏久无属者，耳伯始属之。溶溶英英⑦，旁魄阴烟，有骀荡游夷⑧之思，可谓足音空谷。循后有《诗导》一章，亹亹⑨自言其致。亦神情之论也。

嘻，耳伯其知之矣。中复有记盱江夫子⑩升遐⑪数语。若以死生为大事。嘻！吁！此亦神情所得用耶。水月疾枯，宗复何在⑫？唐人所云"万层山上一秋毫"⑬也。偶为耳伯叙此。

【注释】

①耳伯：谢兆申（？~1629），字伯元，耳伯为其号。福建邵武府建宁（古称绥安）人，万历中贡生。《千顷堂书目》载其所作《麻姑游草》，今存《谢耳伯先生初集》和《全集》。

②憺荡：犹激荡人心。憺，意有所安；荡，摇动。

③卧疴罢客：因重病卧床休息，不接待客人。疴，重病。

④麻姑：山名，在江西抚州南城县西，相传为道教女仙麻姑出生、得道升仙处。《云笈七笺》载三十六洞天，七十二福地在诸名山之中，麻姑山为第二十八洞天，第十福地。

⑤叶：同"页"。

⑥讽：讽咏。

⑦溶溶英英：文思开阔，文采斐然。

⑧骀（dài）荡游夷：无拘无束，跌宕起伏。骀荡，放纵；游，不定；夷，不平。

⑨亹亹（wěi wěi）：同"娓娓"。勤勉不倦貌。

⑩盱（xū）江夫子：指汤显祖之师罗汝芳。他是江西抚州南城人，南城有盱江，故以此称之。

⑪升遐：升天。

⑫"水月"两句：据汤显祖《临川县古永安寺复寺田记》，浮梁僧是达观和尚的弟子。万历二十七年（1599），袁

世振任临川知县,倡言永安寺复寺田,水月僧适来寓居永安寺。有人士与之交游,方知佛教有宗派之分。疾枯,迅速干枯,喻死去。

⑬万层山上一秋毫:意为微不足道。今存《全唐诗》中无此句。

【赏读】

"世总为情,情生诗歌而行于神。天下之声音笑貌大小生死,不出乎是。"此序开篇即振聋发聩,极具个性、极为简洁直白地回答了一个千古难题:文学艺术究竟因何而产生?既然整个世界为情而定,那么只有在人之本性中最天然、最真实、最可贵的"情"与社会生活相激荡,激发出人的创作冲动,才能产生诗歌,舍此无他。普天之下小到"声音笑貌",大到生死之际,发而为诗,莫不出乎"情"。

诗歌是人类历史上最先产生的文学样式,人们以此为文学的源头是正确的,传神则是诗人对"情"的艺术升华。诗歌要能够流传,需"神情合至",缺一不可,否则既不能动人,又何以传世?汤显祖非常自信地说:"予常以此定文章之变,无解者。"再从接受这个角度看,因为诗歌的感情最为强烈,所以最能感染人,也最能激起人们的共鸣,进而陶冶性情,感化心灵,达到以文化成的社会意义。

"情"之一字，无疑是汤显祖文学创作词典中的核心词汇。作为一个善于以创作践行理论，以理论总结创作的文学大家，汤显祖毕生的作品，特别是以《牡丹亭》为代表的传奇戏曲，都熔铸为一个"情"字，闪耀着永不熄灭的理想之光、生命之光。

仪部郎蜀杨德夫①诗序

　　杨公本井络②之秀，体江汉③之灵。育德蚕丛④之区，耀颖峨眉之秀。固已苞结艺文，优游玄释矣。遂挑藻⑤天汉，腾辉日匝⑥。弹楚服之歌琴，坐吴都之礼署。亦复端居多暇，翰墨时作，或是凉年献岁，首夏兼秋。抚莺花而流怅，睇⑦鸿云⑧而寄想。别有群公饮帐，游子河梁⑨，写离别之奇声，究登临之远致。他若应真东游，云气西往，怀仙缅竺⑩，类有玄言，沉灵激韵，靡非清啭。吾友帅机⑪，最爱《上林》《甘泉》《洞箫》⑫诸赋。尝曰："蜀有杨君，世不减风流矣。"

　　夫杨君貌充⑬而气穆，声和而蹈正⑭。砥志云屯，乘潜雨畜。若夫登高者大夫之余，作赋者童子之技⑮，杨君之业，盖不在兹。杨君有言："相如惑于玄龙，吾家子云濡于紫蛙，子渊随于碧影⑯。他虽有技，所谓博弈者乎⑰！"足以畅杨君之趣矣。然其搦管⑱，才情并诣，亦安可不传也。余软弱之资，兴属流猎，阅有年日。蜀如杨君者，情途希觏^⑲之品焉。得咏渊作，敬叙而归之梓矣。

【注释】

①杨德夫：杨镕，字德夫，号复城，四川荣县人。生卒年不详。嘉靖四十四年（1565）进士，授湖广应城（今属湖北）知县，迁刑部主事，官至南京礼部郎中，万历九年（1581）免官。

②井络：井宿的分野，在岷山上空。左思《蜀都赋》："远则岷山之精，上为井络。"后指岷山或蜀地。荣县在岷山之南，故称杨德夫"井络之秀"。

③江汉：长江和汉江，泛指今湖北。杨德夫曾任应城知县，故言"江汉之灵"。

④蚕丛：人名，相传为蜀王的先祖，教民蚕桑，后泛指蜀地。

⑤掞（shàn）藻：铺陈辞藻。

⑥日匝：日夜。匝，一圈。

⑦睇（dì）：目光转动。

⑧鸿云：飞鸿和流云。

⑨游子河梁：指送别。汉代李陵《与苏武》其三："携手上河梁，游子暮何之？"

⑩竺：印度的古称，此指佛教。

⑪帅机（1537~1595）：字惟审，临川人，隆庆元年

(1567)进士。著有《阳秋馆集》。年长汤显祖十三岁,是其忘年交。

⑫《上林》《甘泉》《洞箫》:依次为西汉辞赋家、四川成都人司马相如和扬雄,四川资中(今四川资阳)人王褒的赋。

⑬充:长,高。此指身材高大。

⑭蹈正:行事端正。

⑮作赋者童子之技:扬雄晚年说,辞赋是"童子雕虫篆刻","壮夫不为"(《法言·吾子》)。

⑯"相如"三句:相如,司马相如;子云,扬雄的字;子渊,王褒的字。

⑰"他虽"两句:扬雄视辞赋为"童子雕虫篆刻",王褒认为辞赋"贤于倡优博弈远矣"(《汉书·王褒传》)。

⑱搦管:执笔为文。管,笔管,泛指笔。

⑲希觏(gòu):罕见。

【赏读】

万历九年(1581),杨德夫由南京礼部郎中免官,而此前一年,汤显祖在第四次春试落第后,前往南京游太学,得到当时祭酒戴洵的赏识。序文说杨德夫时"坐吴都之礼署",则二人当在万历八年相识于南京,并成为文字之交,汤显祖因而为其作序。

这篇序的主旨,是阐发以情生文,进而"才情并诣",作品方可传世这一文学创作理论。他先由杨德夫的籍贯,引出西汉西蜀三大辞赋家,以天地壮伟,人物俊奇,突出了人杰地灵对作家创作的影响,而六朝古都的种种风物,牵动了游子思乡的情怀,催生了诗人创作的意兴,使其诗之意象、声情、辞藻,都自然而然地浸染了六朝风流。

正是秉承了西蜀、金陵的天地人文才气,激扬起充塞于内心的怀土思乡之情,杨德夫的诗达于"才情并诣"之境,成为"情途希觏之品",传世之作由此产生。可见在汤显祖心目中,"情"为文学创作之根本,为作品是否能够传世的决定性因素,而才情结合,则是作品最为理想、使之不可能不传世的状态。

如兰一集^①序

诗乎，机与禅言通，趣与游道合^②。禅在根尘^③之外，游在伶党^④之中。要皆以若有若无为美。通乎此者，风雅之事^⑤可得而言。余宦游倦，而禅寂^⑥意多，渐致枯槁。于四方人士所作，时一过留，弗好也。而东莞钟君宗望游越中，来临^⑦，偶以所自为诗质^⑧焉。殆雅与游道合者。

凡游，游于声实^⑨之际而止。宗望秀于才，常为广州诸文学冠。以其先人乐华君起名进士，出馆阁^⑩，能读父书。足可优游待举^⑪，眷此长游^⑫者何也？将江岭^⑬间人士多其家门生义故，公子微以是游耶？其友帅生从升、从龙^⑭知之。曰："今宗望之游若尔，则世之游闲公子耳。似殆有不然者。其为人貌沉而气疏，幽然颓然，好欲与天下山川人物相骀荡^⑮。当其所惬，布衣虾菜，可以夷犹^⑯岁时。其所不欲，非可饵而止也。盖宗望之见趣，有殊绝世之声实者。"

予闻而笑曰，深于游道也乎，诗道也。悟言一室之内，旬日不出；映心千里之外，累月忘归。通之若有若无，都无迟疾欣厌之累。于以眷节怀交，必有不推排而齐，一雕饰而秀者。南中之美，何必翡翠明珠。兹且以巴丘小华山，存王子晋⑰笙鹤遗迹，欣然慕之。此其为诗与游也，殆益仙仙⑱矣。

【注释】

①如兰一集：广东东莞人钟宗望著。他是汤显祖的学生，不远千里来到临川，师从三年。明人谢兆申《谢耳伯先生全集》卷六有诗《钟宗望自粤携家至临川，客帅氏伯仲所三年，师汤义仍先生，予闻而异之》。汤显祖很欣赏他，有多首诗言及之。

②"机与"两句：诗歌的意境创造，与佛教的传布教义有共同处；山川人物和社会生活阅历激荡性情，产生诗情。"机""趣"互文见义，指天机灵趣。禅言，佛教传布教义之语。游道，指生活阅历。

③根尘：佛教语。称眼、耳、鼻、舌、身、意为"六根"，称人世间色、声、香、味、触、法为"六尘"。

④伶党：表演歌舞戏剧者为优伶，此指世俗社会生活。

⑤风雅之事：指诗歌创作。

⑥禅寂：佛教语，意为静虑，指修禅而使念虑寂静。

⑦"东莞钟君"二句：万历三十六年（1608），钟宗望来临川师从汤显祖。

⑧质：问明，请教。
⑨声实：声誉与名实。
⑩馆阁：明清两代对翰林院的称呼。
⑪优游待举：悠然自得地等待被举用。
⑫长游：钟宗望在汤显祖门下师从三年。游，指入于门下学习。
⑬江岭：长江、岭南。
⑭帅生从升、从龙：汤显祖同里友人帅机之子。
⑮骀荡：放纵不羁。
⑯夷犹：也作"夷由"，从容不迫的样子。
⑰王子晋：即王子乔，神话传说中的仙人，喜爱静坐吹笙，其声美如凤凰鸣唱。
⑱仙仙：飘逸的样子。

【赏读】

临近花甲之年的汤显祖，在临川家居的悠悠岁月中，收了来自岭南，才能出众，有"广州诸文学冠"的青年钟宗望为弟子，从其学整整三年。师生不仅有唱和诗，老师还为弟子作序，提出了诗以"若有若无为美"这一文学审美观。

汤显祖认为，诗人只有深入社会体验生活（"游道"），所作的诗歌才能有"若有若无"之美。借帅氏二公子评钟宗望之语，汤显祖阐明"游道"包括两个重要的层面:"好欲与天下山川人物相驰荡";"有殊绝世之声实"。也就是说,诗人喜欢游览山川、经历人事,可以积累丰富的生活阅历,并激荡天性中的情感;诗人提高修养而摒绝过多的世俗杂念,可以使心境淡泊宁静,进而有高远的志趣。汤显祖比古代一般论者更为深刻之处,是以生活为诗歌创作者要体验的第一义,进一步,要在"游道"的背景下作诗,才能让诗歌在具有生活真实感受的基础上,生成艺术想象的空间,从而达到"若有若无"这个最美的境界。汤显祖把作诗这个过程,称之为"诗道",认为只有深通此道的人,才能够写出好诗。

诗以"若有若无为美",换言之即以若实若虚为美。升华于有和实基础上的无,也就是艺术想象。所谓"悟言一室之内,旬日不出;映心千里之外,累月忘归"。汤显祖的"若有若无"说,自然而然地让人想起晋代陆机《文赋》对艺术想象的描写:"观古今于须臾,抚四海于一瞬。"

合奇①序

世间惟拘儒②老生不可与言文。耳多未闻，目多未见，而出其鄙委牵拘③之识相天下文章，宁复有文章乎！予谓文章之妙，不在步趋形似之间。自然灵气，恍惚而来，不思而至。怪怪奇奇，莫可名状。非物寻常得以合之。苏子瞻④画枯株竹石，绝异古今画格，乃愈奇妙。若以画格程⑤之，几不入格。米家⑥山水人物，不多用意。略施数笔，形像宛然。正使有意为之，亦复不佳。故夫笔墨小技，可以入神而证圣⑦。自非通人，谁与解此。吾乡丘毛伯选海内合奇文止百余篇。奇无所不合⑧：或片纸短幅，寸人豆马；或长河巨浪，汹汹崩屋；或流水孤村，寒鸦古木；或岚烟草树，苍狗白衣⑨；或彝鼎商周⑩，丘索坟典⑪。凡天地间奇伟灵异高朗古宕之气，犹及见于斯编。神矣化矣。夫使笔墨不灵，圣贤减色，皆浮沉习气为之魔。士有志于千秋，宁为狂狷⑫，毋为乡愿⑬。试取毛伯是编读之。

【注释】

①合奇：丘毛伯选编的文集。丘兆麟（1572～1629），字毛伯，号太邱，江西临川人，有文名。万历三十八年（1610）进士，曾官云南道御史、河南巡抚。编有《汤若士绝句》。

②拘儒：行事迂腐的儒生。拘，拘泥。

③鄙委牵拘：庸俗委琐，牵强拘泥。

④苏子瞻：北宋文学家、书画家苏轼，字子瞻，号东坡居士，画有《枯木怪石图》。

⑤程：衡量。

⑥米家：宋代著名书画家米芾及其子米友仁，世称"大小米""米家山"。他们的画不求工细，多用水墨点染。米芾自谓"信笔作之……意似便已"（《画史》）。

⑦证圣：佛教语，意为证入圣果。此指诗文传神入胜，表现意境。

⑧奇无所不合：以下"或……"之排比句，皆指《合奇》所收文章的奇异独特。

⑨苍狗白衣：形容浮云变幻无常，亦作"白云苍狗"。

⑩彝鼎商周：泛指古代祭祀用的珍贵礼器，此指其上所刻文字。

⑪丘索坟典：三坟、五典、八索、九丘的简称，泛指古代典籍。

⑫狂狷：积极进取而有所不为。出自《论语·子路》："狂者进取，狷者有所不为也。"

⑬乡愿：没有原则和立场，只会讨好他人、保全自己的伪善者，也作"乡原"。出自《论语·阳货》："乡原，德之贼也。"

【赏读】

合奇，即把"自然灵气"纳入"得以合之"的奇妙艺术形象中，以个性为创新，不以模拟古人为能事，"文章之妙，不在步趋形似之间"。由于自然灵气不受任何成规的约束，当然也就要求其形象与之相称，"步趋形似"的模拟，只会适得其反。

汤显祖认为，一方面，当"自然灵气"产生于作家的大脑时，其状态犹如灵感降临，"恍惚而来，不思而至。怪怪奇奇，莫可名状"，但当它与相应的形象合成时，作家也就完成了创作。实际上，这就是文学思维形象化的过程。

另一方面，"自然灵气"既是因人而异的、具有个性色彩的，自然也就非寻常之物得以合之。这就要求作家超越模拟，摒绝形似而创为新奇意象。唯"合奇"能成"文章之妙"，唯"奇无所不合"能达到模拟、形似不可企及的艺术境界。

汤显祖所举的两个画例颇可玩味：苏轼的《竹石图》"绝异古今"，假若我们拘泥于成规去衡量，则可能视其为不合格的产品；米家山水和人物信笔点染，而形象宛然如见，反之则未必佳。可见，只要破除模拟而有所创新，"笔墨小技，可以入神而证圣"，正所谓"有意为之，亦复不佳"。"有意"即模拟，即形似。缺了个性化的自然灵气，徒拟一个毫无生气的外形，何来艺术意境？没有艺术意境，又如何能够动人？

总之，必须绝去模拟，摒弃形似而达于"合奇"，才能创造艺术佳境。汤显祖的合奇说，极具时代色彩而有别于传统形神论。

张元长①嘘云轩文字序

　　天下大致，十人中三四有灵性。能为伎②巧文章，竟伯什人乃至千人无名能为者。则乃其性少灵者与？老师云，性近而习远③。今之为士者，习为试墨④之文，久之，无往而非墨也。犹为词臣者习为试程⑤，久之，无往而非程也。宁惟制举⑥之文，令勉强为古文词诗歌，亦无往而非墨程也者。则岂习是者必无灵性与？何离其习而不能言也。夫不能其性而第言习，则必有所有余。余而不鲜，故不足陈也。犹将有所不足，所不足者又必不能引取而致也。盖十余年间，而天下始好为才士⑦之文。然恒为世所疑异。曰，乌⑧用是决裂为，文故有体。嗟，谁谓文无体耶？观物之动者，自龙至极微，莫不有体。文之大小类是。独有灵性者自为龙耳。

　　近吴之文得为龙者二。龙有醇灏丰烨，云气从瀚郁⑨而兴，幽毓横薄，不可穷施者，钱受之⑩之文也。有英秀蜷媚，云气从之，夭矫而舒，凌深倾洗，不可测执者，张元长之文也。受之之文已贵，独元长废然⁽¹¹⁾家居，尚未有贵而独行之者。山东王公又新⁽¹²⁾为常郡里，得其文，爱重之。驰以示予。读之既，叹曰，所为文目天下之至杂而不可厌也。出入元长指吻间，而天地古今人理物情之变几尽。大小隐显，开塞断续，径廷而行，离致独绝，咸以成乎自然。读之者若疑若忘，恍然与之同情矣。亦不知其所以然。然则元长不尝试为墨程习乎。曰，彼以灵性习之者也。度其十余年中，习气殆尽。故伎巧至于斯。善乎王公题其文曰"嘘云"。言嘘气成云也，龙也⁽¹³⁾。龙何习哉。

【注释】

①张元长：张大复，字元长，昆山（今属江苏）人，晚明著名戏曲家。有《梅花草堂集》。生平见本书《张氏纪略序》。

②伎：同"技"，此指艺术形象。

③性近而习远：人的本性是相近的，后天的教育造成其差异。语出《论语·阳货》："子曰：'性相近也，习相远也。'"

④试墨：明清科举在乡试、会试时，应试者用墨笔书写的八股文试卷。

⑤试程：按一定程式写的文章，此指八股文。

⑥制举：即"制科"，历代临时设置的考试科目，由天子亲试。此泛指科举。

⑦才士之文：才士，有才华的人，此指能以灵性为文者。清代魏禧《魏叔子日录》："简劲明切，作家之文也；波澜激荡，才士之文也；纡徐敦厚，儒者之文也。"

⑧乌：疑问词，哪，何。

⑨滃郁：云气涌动弥漫貌。

⑩钱受之：钱谦益（1582～1664），号牧斋，常熟（今属江苏）人。万历三十八年（1610）进士及第（探花），授翰林院编修。著有《初学集》《有学集》。

⑪废然：指张大复中年得眼疾而盲。

⑫王公又新：王象蒙（1552～1614），山东新城人。万历八年（1580）进士，曾任常州推官。

⑬"言嘘气"两句：《易·乾》"云从龙"。唐代孔颖达疏："龙是水畜，云是水气，故龙吟则景云出，是云从龙也。"嘘，吐。

【赏读】

刘勰《文心雕龙·情采》说："综述性灵，敷写器象。"汤显祖认为"文故有体"，但唯其兼有"灵性"，才是好文章。"体"即形体，近于刘勰所说"器象"；"灵性"即刘勰说的"性灵"，也即汤显祖通常说的"天机"。他认为，犹如自然界的动物，从大龙到极微小者，都有与自身相称的形象。而文章的形体与作者的灵性之间，有着密切的联系，"独有灵性者自为龙"。

汤显祖说十人中仅三四人有灵性，而能创造艺术意境者，竟至于百人、千人中无一人。他把原因归之于科举制和八股文，扼杀了绝大多数士子的灵性。若以龙比人而及于其文，遍观吴中文士文章，算得上龙的，只有钱受之（谦益）、张元长（大复）两人。

简言之，好作品必灵性与形象兼备（合奇）。文章固需有其形貌，但它能否成为传世之作，关键在于其是否具有灵性。进一步，形体要与灵性相称，而不能大于或小于灵性，这样才能使灵性得到适宜的表现。钱谦益、张大复是两条龙，他们的文章恰恰二者得兼。尤其是张大复，他以灵性习八股文后，复用十余年洗脱八股习气，使其文章灵性和形象相称，其集题名"嘘云"，真如龙之"嘘气成云"。

汤显祖之论可谓一箭双雕：既批判了科举制艺对灵性的摧残，又表达了对才士挣脱八股，回归文学本体的欣慰。

序丘毛伯①稿

　　天下文章所以有生气者，全在奇士。士奇则心灵，心灵则能飞动，能飞动则下上天地，来去古今，可以屈伸长短，生灭如意，如意则可以无所不如。彼言天地古今之义而不能皆如者，不能自如其意者也。不能如意者，意有所滞，常人也。蛾，伏也。伏而飞焉，可以无所不至。当其蠕蠕时，不知其能至此极也。是故善画者观猛士剑舞②，善书者观担夫争道③，善琴者听淋雨崩山④。彼其意诚欲愤积决裂，挈庋关接⑤，尽其意势之所必极，以开发于一时。耳目不可及而怪也。

　　吾乡丘毛伯文颇类乎是。其人心灵能出入于微眇，故其变动有象，常鼓舞而尽其词。词以立意为宗。其所立者常，若非经生之常。意崿然⑥而可喜，徐理之，固应如是也。迫促劫牾，案衍固获⑦，咸其自取。力足以遂之，机足以转之。如毛伯者，世之奇异人也。

　　传曰："同明相照，同气相求，圣人作而万物睹。"⑧盖闻世有霍林⑨先生者，其人正而通于大道，善为典则之文⑩。天下人士苟有意乎言者，以其文为圣而师之，然莫敢自名为高弟子者，而吾乡毛伯在焉。遗其灭没之形，收其灵异之气。世多疑霍林先生好奇士，乃不类其所自为。嗟夫，虽先生亦安得以其所自为，率天下士哉！顾士有所谓奇者，必如吾乡毛伯焉其可也。

【注释】

①丘毛伯：丘兆麟（1572~1629），字毛伯，号太邱，江西临川人，有文名。万历三十八年（1610）进士，曾官云南道御史、兵部左侍郎、河南巡抚。编有《汤若士绝句》。

②善画者观猛士剑舞：吴道子善画，将军斐旻请他画天官寺壁画。吴道子说，听说将军善舞剑，愿作气以助挥毫。斐旻欣然一舞曲，吴道子看毕，奋笔立成，若有神功。

③善书者观担夫争道：唐代张旭以草书擅名，《新唐书·艺文传》载他曾说过，始见公主担夫争道，又闻鼓吹，而得笔法意，观倡公孙舞剑器，得其神。

④善琴者听淋雨崩山：《太平御览》：昔者伯牙子游于泰山之阴，逢暴雨，止于岩下，援琴而鼓之，为淋雨之音，更造崩山之曲。每奏，钟子期辄穷其趣。曰："善哉，子之听也。"

⑤挐戾关接：喻行文不按常规。挐，同"拿"。

⑥嶟然：山崖高峻的样子，比喻文章立意不凡。

⑦"迫促"二句：比喻文章立意给人的感觉。劼愲，犹劼愲，形容吹笙时气流相冲激；萦衍，蜿蜒曲折貌。

⑧"传曰"四句：语出《易经·乾》《史记·伯夷列传》。同明相照，二光相互映照而愈明，比喻杰出人物得到同类赞扬而声名更显；同气相求，比喻志同道合者相互吸引。

⑨霍林：汤宾尹，字嘉宾，号霍林，生卒年不详，宣城（今属安徽）人。万历二十三年（1595）榜眼，授翰林院编修。

⑩典则之文：关乎国家典章法则的文字。汤宾尹为翰林院编修，内外制书诏令，多出其手，号称得体，甚得明神宗赞赏。

【赏读】

衡量文章高下的标准，自古见仁见智，虽不至于莫衷一是，但可谓众说纷纭。比如说到"立意"在作品中的重要作用，人们达成文以意为主这一共识，可谓今古一致。然而怎样才能够做到巧妙地立意？这就因人、因时而认识有所不同了。

汤显祖这篇序言，把"立意"置于衡量作品价值的首要地位，明确地说："词以立意为宗。"此为老生常谈，似无可言，汤氏的新意，在于强调要如何立意，才能超乎寻常。他说观丘毛伯之文，其立意高峻可喜，全无腐儒老生的庸常之态，这是因为其心灵无限自由、想象无所不达，故挥发天地古今之义无不自如其意。

显然，打破一切世俗束缚而"自如其意"，是汤显祖对立意的独特要求。那么要怎样才能达到这样的境界？他认为唯"奇士"能达之：天下有生气的文章，全出于"奇士"。奇士，即能写出奇文之士；奇文，即能自如立意之文。士奇则心灵，心灵则精神飞动，可以上天下地、来去古今、屈伸长短、生灭如意。反之，"不能如意者，意有所滞，常人也"。

奇士与常人，区别在心灵与否；心灵与否，关键在是否敢于反抗压迫。奇士立意之所以能够自如无滞，奥秘恰在他奋激精神，与压迫者愤然决裂，犹如飞蛾蓄势待发，一发必尽其意势。说到底，"如意"是立意的最高境界，个性是"如意"的必然条件。

沈际飞把汤显祖的这番立意论，归结为"仗气爱奇"（《独深居点定玉茗堂集》）。诚如斯言。

徐司空①诗草叙

余待诏容台署②中，六月苦喝③甚。无可如何，乃托养屙④，号沉疴⑤，用避两都之患也。而同署徐敬舆⑥君求我于僻，剧谭逾晷⑦矣。袖出一篇，抆泪而视余曰："此先子⑧司空大夫之什也。不敢以行于世，敢以藏诸宗。当为令而梓之，君为言其首。"余读一再过，叹语之曰："余见今人之诗，种有几。清者病无，有者病浊。非有者之必浊，其所有者浊也。杜子美⑨不能为清，况今之人。李白清而伤无。余尝为友人分诉而作词，因知大雅⑩之亡，崇于工律。南方之曲，刓⑪北调而齐之，律象也。曾不如中原长调，庵庵隐隐，淙淙泠泠⑫，得畅其才情。故善赋者以古诗为余，善古诗者以律诗为余。君之先子，唐人笔也。然宦游酬对，多为律诗。所以芳华微吐，藻实犹蕴。大抵拟工于杜而清胜之。其孟浩然、刘长卿之亚也。当亦有从闻诗者欤？"君愀然⑬曰："受大父⑭教。"因出其大父白谷先生之《诵余》《续骚经》，为闰赋者也。又经与其弟鲁源⑮先生沉绎古学，诗思醇深。余叹曰："灵根浚源，司空大夫上有父，下有子。子为人复端亮而仁孝，大夫为不亡。"君参㰅⑯而谢曰："子之言可以引⑰矣。"徐生出门，余复谢客。

【注释】

①徐司空：徐用光（1526~1560），字成孚，号益庵，浙江兰溪人。嘉靖三十二年（1553）进士，授工部都水司主事。有《徐工部诗集》。

②容台署：容台，礼署、礼部的别称。时汤显祖中进士后，在北京礼部观政。

③暍（yē）：暑热。

④养疴：指养病。

⑤眍（kōu）：眼睛深凹貌。

⑥徐敬舆：徐学聚，字敬舆，徐用光之子。万历十一年（1583）汤显祖同年进士，授江西浮梁知县，官至副都御史。

⑦剧谭逾晷：犹谈话时间很长，超过了通常的时刻。谭，同"谈"。

⑧先子：亡父。

⑨子美：唐代诗人杜甫的字。

⑩大雅：《诗经》中王室乐歌，此指纯正优雅的诗篇。

⑪刌（cǔn）：切割。此指刻意使曲调处处中节合律。

⑫庉庉隐隐，渀渀泠泠：象声词，形容水声流动。比喻

诗歌的韵律柔美动听。

⑬愀然：忧伤的样子。

⑭大父：祖父。

⑮鲁源：徐用检（1528~1611），字克贤，号鲁源，徐学聚之叔父。嘉靖四十一年（1562）进士，授刑部主事，官至南京太常寺卿。

⑯参欷：再三哽咽。参，同"叁"；欷，哽咽、抽泣。

⑰引：引言、序言。

【赏读】

万历十一年（1583）炎夏，汤显祖中进士后在北京礼部观政，接受同年进士徐学聚之请，为其父徐用光的诗稿作序，提出了才情为先、格律次之的文学观。

自近体诗在唐代成熟以来，这样的论争，似乎从来没有像明代这般激烈：在诗歌创作中格律与才情，究竟以谁为先？在学诗时古体与近体，究竟从何入手？以复古为旗帜的七子派对"诗必盛唐"的鼓吹，是引起争议的重要原因之一。汤显祖并不反对向唐人学习，他的代表作《牡丹亭》，下场诗全都取之于唐诗，就是一个无可辩驳的明证。但是他反对片面地强调固守格律而限制才情发挥，后来还引发了古代戏曲史上著名的"汤沈之争"。一个伟大的文学家，其理论和创作的成熟是与日俱进的，不妨把此序的观点，看作"汤沈之争"的前奏。

在这篇文章中我们看到，汤显祖一面赞美徐司空的"唐人笔"，另一面却指出当代"大雅之亡，崇于工律"。他又引申到戏曲，批评南曲（南戏和传奇）刻意向北调（北杂剧）看齐，不过是学其格律而已，哪里能像北曲那样本色当行，因而"得畅其才情"？一句话，在汤显祖看来，无论诗歌还是戏曲，格律与才情相比，必以才情为先。因此今人学习近体诗，要从古体入手，因为"沉绎古学，诗思醇深"。也就是说，学诗需先陶冶才情，而才情最容易被格律束缚，所以要先亲近不受格律束缚的古诗，使诗思醇深，而后再学习近体诗，得其声律之美。这样就可以避免削足适履，从而达到才情与格律和谐。汤显祖的这一观点，实际上是针对七子派的模拟之风而言。

究其实，无论是学习古体诗以陶冶才情，还是学习近体诗以规范格律，分别从内容和形式上看，都可谓取法乎上。汤显祖对其模拟陋习的针对性批判和他指出的学诗顺序，对当时和后世都具有借鉴意义。汤显祖提出的问题，在我们今天如何继承、使用近体诗这一文学样式上，仍然存在争议而未达成共识。

卷三 杂编

情不知所起,一往而深,
生者可以死,死可以生。

牡丹亭①记题词

　　天下女子有情宁有如杜丽娘者乎！梦其人即病，病即弥连②，至手画形容③传于世而后死。死三年矣，复能溟莫④中求得其所梦者而生。如丽娘者，乃可谓之有情人耳。情不知所起，一往而深，生者可以死，死可以生。生而不可与死，死而不可复生者，皆非情之至也。梦中之情，何必非真。天下岂少梦中之人耶。必因荐枕⑤而成亲，待挂冠⑥而为密⑦者，皆形骸之论⑧也。

　　传杜太守事者⑨，仿佛晋武都守李仲文⑩、广州守冯孝将儿女事⑪。予稍为更而演之。至于杜守收考柳生⑫，亦如汉睢阳王收考谈生⑬也。

　　嗟夫，人世之事，非人世所可尽。自非通人⑭，恒以理相格⑮耳。第云理之所必无，安知情之所必有邪。

【注释】

　　①牡丹亭：汤显祖传奇戏曲"临川四梦"的代表作，演

绎了南安太守之女杜丽娘和书生柳梦梅，冲破封建礼教束缚，追求自由恋爱的故事。戏曲依据话本小说《杜丽娘慕色还魂记》写成，但在思想和艺术上均得到全面提升，成为一个具有划时代意义的作品。

②弥连：弥留，指缠绵病榻。

③手画形容：亲手为自己画像。

④溟莫：黑暗的阴间。溟，通"冥"；莫，通"暮"。

⑤荐枕：进献枕席，指侍寝。

⑥挂冠：辞官。

⑦密：生活安定。

⑧形骸之论：极为肤浅的说法。形骸，形体，指事物的表面。

⑨传杜太守事者：指唐代话本小说《杜丽娘慕色还魂记》。

⑩晋武都守李仲文：事见旧题晋代陶潜作《搜神后记》卷四，讲李仲文亡女和后任太守张氏之子人鬼相恋的故事。

⑪广州守冯孝将儿女事：见南朝宋刘敬叔《异苑》卷八，讲冯孝将之子与徐氏亡女因梦结为夫妻的故事。

⑫杜守收考柳生：《牡丹亭》第五十三出《硬拷》，写柳梦梅应完春试后，来淮扬找到杜府，被杜丽娘之父收监审讯吊打，直到报知柳梦梅中了状元，才得以脱身。

⑬汉睢阳王收考谈生：事见晋代干宝《搜神记》卷十六，写睢阳王之亡女夜半与谈生结为夫妇，睢阳王疑谈生为

盗墓者，于是拷打之。考，通"拷"。

⑭通人：学通古今、明白情理的人。

⑮相格：推究。

【赏读】

自万历二十六年（1598）《牡丹亭》问世以来，四百余年长盛不衰，其魅力历久弥新，至今仍然强烈地打动人们的心弦。历史在前进，时代在更替，世事在改变，观念在颠覆，但人"生而有情"（《宜黄县戏神清源师庙记》）的天性，并不会因此而丧失，反而会通过《牡丹亭》这样的经典，带着鲜明的民族特色，走向整个世界和人类遥远的未来。

欲要作品以情动人，作者必先沉浸其中。相传汤显祖作《牡丹亭》时"运思独苦"，以致有一天家人四处找不到其踪影，忽然发现他躺在后院的柴堆上痛哭不止。惊问其故，汤显祖回答，是因为写到"赏春香还是（你）旧罗裙"一句时，他再也无法控制自己的感情（焦循《剧说》卷五）。难怪汤显祖"自谓一生得'四梦'，得意处唯在《牡丹》"（王思任《批点玉茗堂〈牡丹亭〉叙》）。

如果说《牡丹亭》代表"临川四梦"的最高成就，那么其《题词》就是汤显祖主情思想的最强宣言。不仅如此，这部戏曲创作的完成，还标志着汤显祖人生的重大转折：身处科举时代的汤显祖，在僵化个性、束缚才情的道路上走了数十年，终于看透现实政治之黑暗，放弃了经世致用的理想，从遂昌知县任上弃官返乡，回归他本就醉心的戏曲艺术，"为激发推荡，歌舞诵数自娱"（《太平山房集选序》），进入了传奇创作的黄金时期。《牡丹亭》是汤显祖弃官后完成的第一个戏曲，蓄积已久的主情思想喷发在《牡丹亭》中，刊刻时又高度概括于《题词》。

《牡丹亭》的故事，经汤显祖将明人话本《杜丽娘慕色还魂》改编为传奇戏曲，在我国可谓耳熟能详。剧中的主要情节，是南安太守之女杜丽娘白日做梦，与书生柳梦梅在梦中幽会，二人虽然素不相识，却一见倾心。梦醒后杜丽娘为情而死，柳梦梅则因进京赶考来到南安，一对青年男女人鬼相恋，杜丽娘起死回生，有情人终成眷属，永结同心。

《题词》把"情"的高度和深度，提炼为"情至"二字，道"情不知所起，一往而深，生者可以死，死可以生。生而不可与死，死而不可复生者，皆非情之至也"。这样的至情当然不能"以理相格"，而应从理学的束缚下解放出来，想爱就爱，生死随意，一如杜丽娘的倾诉："这般花花草草由人恋，生生死死随人愿，便酸酸楚楚无人怨。"(《寻梦》)但在以理学治国的明王朝,可以超越生死的爱情,只能存在于汤显祖的理想世界中。杜丽娘起死回生后,事事遵从礼教,与鬼魂判若两人,并说"鬼可虚情,人须实礼"(《婚走》)。二者相互印证,可见热情歌颂爱情理想的汤显祖,基于对现实清醒的认识,也表现了情理之间的矛盾。

既感受到社会对人性的压迫,又能够摆脱压抑,高扬性灵,在失望中追求希望,在黑暗中寻找光明,这是汤显祖赋予《牡丹亭》主人公的特点,也是他作为时代思想之先驱,对"有情之天下"(《青莲阁记》)的必然向往。

溪上落花诗题词

　　长孺、僧孺兄弟①似无著、天亲②,不绮语③人也。一夕,作《花溪》诸诗百余首,刻烛而就④。予经时⑤闭门致思,不能如其绮也。长孺故美容仪少年,几为道傍人看煞⑥。妙于才情,万卷目数行下。加以精心海藏⑦,世所云千偈澜番⑧者,其无足异。独僧孺如愚,未尝读书。忽忽狂走,已而若有所会,洛诵成河⑨,子墨成雾⑩,横口横笔,无所留难。此独未宜异也。僧孺故拙于姿⑪,然非根力⑫不具者。以学佛故,早断婚触⑬,殆欲不知天壤间乃有妇人矣。而诸诗长短中所为形写幽微,更极其致。如《溪上落花》诗:"芳心都欲尽,微波更不通。""有艳都成错,无情乍可依。"不妨作道人语。至如《春日独当垆⑭》:"卓女盈盈亦酒家,数钱未惯半羞花。"僧孺不近垆头,何知羞态?《七宝避风台》:"翠缨裙带愁牵断,锁得斜风燕子来。"僧孺未亲裙带,何知可以锁燕?《燕姬堕马》:"一道香尘出马头,金莲银凳紧相钩。"僧孺未曾秣马，何识香尖[15]？《春闺怨》："乳燕春归玳瑁梁，无心颠倒绣鸳鸯。"僧孺未经催绣，安识倒针[16]？当是从声闻[17]中闻，缘觉[18]中觉耶？无亦定中慧[19]耳。然予览二音[20]，有私喜[21]焉。世云，学佛人作绮语业[22]，当入无间狱[23]。如此，喜二虞入地当在我先。又云，慧业文人，应生天上。则我生天亦在二虞之后矣[24]。

【注释】

①长孺、僧孺兄弟：虞长孺，名淳熙，浙江钱塘（今杭州）人。生卒年不详。万历十一年（1583）汤显祖同年进士。授兵部职方主事，累迁稽勋郎中。万历二十一年（1593）削籍归里。其弟淳贞，字僧孺。兄弟俱好仙、佛，隐于南山回峰之下。《溪上落花诗》为虞僧孺诗集。

②无著、天亲：佛教法相宗祖师。无著为兄，造摄大乘论等；天亲为弟，造唯识论等。

③绮语：佛教语，十恶之一。指一切邪僻不正之语，如涉及男女私情的话。

④刻烛而就：典出《南史·王僧孺传》："竟陵王子良尝夜集学士，刻烛为诗，四韵者则刻一寸，以此为率。"后用来指作诗才思敏捷，立时而成。

⑤经时：经历了很长时间。

⑥看煞：也作"看杀"，形容因太美而被人争着看。

⑦海藏：佛教语。指大乘经典，相传原藏于大海龙

官中。

⑧千偈澜番：形容记诵佛偈，如江水奔涌，滔滔不绝。偈，即梵语"颂"，佛经中的唱词。澜番，水势翻腾貌。番，通"翻"。

⑨洛诵成河：口若悬河，滔滔不绝。洛，通"络"，络绎不绝。

⑩子墨成雾：出口成章。子墨，汉代扬雄《长杨赋序》虚构的人名，后借指文章、文辞。

⑪拙于姿：指其貌不扬。

⑫根力：佛教语，五根和五力。此指佛学根底修养。

⑬触：佛教语，不净为触。指触于不净物，即触秽。

⑭垆：酒家安放酒瓮的土台子，泛指酒家。

⑮香尖：指妓女的三寸金莲。

⑯倒针：指回针缝纫的针法，这里借指男女之情。

⑰声闻：从听诵佛经和佛法而获得感知。

⑱缘觉：禀佛法观十二因缘而觉悟。

⑲无亦定中慧：不能静心去虑，专注佛法而获得智慧。

⑳二音：指虞氏兄弟俩的诗歌。

㉑私喜：心中暗自欢喜。

㉒业：佛教语，业报，指报应。

㉓无间狱：佛教八大地狱之一，堕于此中，苦难无尽。

㉔"慧业文人"三句：语出《宋书·谢灵运传》："得道应须慧业文人，生天当在灵运前，成佛必在灵运后。"慧

业文人,指有文学天才并与文字结为业缘的人。生天,佛教语。婉称死亡。

【赏读】

《溪上落花诗》,仅看到这个题目,脑海中便幻化出一个灵动鲜活、富有生气的意境。难怪烦透了模拟之风,"才情偏爱六朝诗"的汤显祖,在提笔为之题词时,笔调也充满灵机妙趣,读来引人遐想。

汤显祖一向把论文与论人相结合,从不作无根之谈。写现实中的人,他擅长于细微处见精神,对长孺、僧孺容貌才情的描写皆如此。有趣的是,他先拈来佛教无著、天亲,说长孺、僧孺兄弟和他们一样,不作"绮语"。"绮语"不是指华丽辞藻,而是指语涉男女之情。倡导"主情"的汤显祖说,即使自己长时间闭门"致思",也不可能写出"如其绮"的诗歌。此话颇可玩味。他在《南柯记》《邯郸记》完成后曾宣告:"'二梦'已完,绮语都尽。"(《答罗匡湖》)所谓夫子自道,这恰恰表明"四梦"正多"绮语"。

然而"二虞"诗歌所表现的内容,真的是不作绮语吗?不是说僧孺因为潜心佛学,早就断绝一切世俗杂念,甚至不作婚姻之想,几乎"不知天壤间乃有妇人"吗?非也。汤显祖风趣地指出,其诗歌"形写幽微,更极其致",观其例句,无一不涉"绮语"。汤显祖连发五问,逐一证实了"人生而有情",避无可避这一事实,故僧孺虽欲作"道语",但焉能不作"绮语"!所以虞氏兄弟的诗歌,着实让他心生暗喜,俏皮话极其自然地流向文末,"二虞"与"我",皆"作绮语业",入地生天,三人又何惧焉!

文章写得文情摇曳,性灵飞扬,难怪公安派领袖袁宏道见之而觉"妙甚,脱尽今日文人蹊径"(《致江进之》)。信然此评!

题饮茶录[①]

陶学士[②]谓汤者茶之司命[③],此言最得三昧[④]。冯祭酒[⑤]精于茶政,手自料涤,然后饮客。客有笑者,余戏解之云:此正如美人,又如古法书名画,度可着俗汉手乎?

【注释】

①《题饮茶录》:此文录自陆廷灿辑《续茶经》卷下,前有唐代陆羽所著《茶经》。清代陆廷灿,字扶照,又字秋昭,嘉定(今属上海)人。康熙五十六年(1717)任福建崇安(今属武夷山市)知县。

②陶学士:生平不详。

③司命:掌管生命之神,引申为事物最关键的地方。

④三昧:佛教语,借指事物的要领或真谛。

⑤冯祭酒:冯梦祯(1546~1605),字开之,浙江秀水(今嘉兴)人。明万历五年(1577)进士,授翰林院编修。后谪广德(今属安徽)判官,迁南京国子监祭酒。

【赏读】

饮茶,是中国人自古以来的生活习惯,茶文化源远流长。第一部诗歌总集《诗经》中就有饮茶的诗句,此后从诗词文赋到小说戏曲,历代咏茶、谈茶的文学作品更是不胜枚举。唐代陆羽所著《茶经》,将茶文化推向专业研究。汤显祖所题《饮茶录》不详,题词自清代陆廷灿所辑《续茶经》辑佚。

从汤显祖对茶汤重要性的认同来看,他颇懂茶道,故言之能撮其要领。冯梦祯与汤显祖有师友之谊,汤显祖举进士时,他是翰林院编修,二人于此时在北京相识。后来冯梦祯又做过南京国子监祭酒。汤显祖风趣地描写了他以茶待客,并亲自打理侍候客人饮茶之事。有趣的是汤显祖用美人书画喻茶,自呼"戏解"。这既引起茶香人艳的联想,又让人看了士大夫饮茶的风趣画面,不禁莞尔。还联想到清代诗人袁枚云:"选诗如选色,总觉动心难。"(《随园诗话补遗》卷一)一个以选美比喻选诗,一个以美人比喻茶道,这是明清士大夫惯有的风情,轻薄与否,只能放在历史环境中来看。

青莲阁记

　　李青莲居士为谪仙人，金粟如来后身①，良是。"海风吹不断，江月照还空"②，心神如在。按其本末，窥峨嵋，张洞庭，卧浔阳③，醉青山④，孤纵晻⑤映，止此长江一带耳。风流遂远，八百年而后，乃始有广陵⑥李季宣⑦焉。

　　季宣之尊人⑧乐翁先生，有道之士也。处昭⑨而神清，休然⑩，穆然⑪，"五经"⑫师其讲授，"六德"⑬宗其仪表。达人有后，爰⑭发其详。梦若有持清都⑮广乐⑯，徘徊江庭以祝将之，曰："以为汝子。"觉⑰而生季宣，因以名⑱。生有奇质，就传之龄⑲，《骚》《雅》⑳千篇，殆欲上口。弱冠，能为文章。云霞风霆，藻神逸气。遂拜贤书㉑，名在河岳。公车数上㉒，尊人惜之，曰："古昔闻人雅好鸣琴之理㉓，子无意乎？"季宣奉命筮仕㉔，授山以东济阳长㉕。资㉖事父以事君，亦资事君而事父也。三年，大著良声，雅歌徒咏。然而雄心未弆㉗，侠气犹厉。处世同于海鸟，在俗惊其神骏。遂乃风期㉓为贾㉙患之媒，文字只招残之檄㉚矣。君慨然出神武门㉛，登泰山吴观㉜而啸曰："使㉝吾一饮扬子中泠㉞水，亦何必三周华不注㉟耶。且亲在，终致㊱吾臣而为子矣。"则归而从太公。群从骚牢㊲，夷犹㊳乎江皋，眺听壶觞，言世外之事，颓如㊴也。

起而视其处，有最胜焉。江南诸山，翠微浥畔几席。欣言久之。夷堂发爰㊵，层楼其上。望远可以赋诗，居清可以读书。书非仙释通隐丽娟之音，皆所不取。然季宣为人伟朗横绝，喜宾客。而芜城真州㊶，故天下之轴也。四方游人，车盖帆影无绝。通江不见季宣，即色沮而神懊。以是季宣日与天下游士通从㊷。相与浮拍跳踉㊸，淋漓顿挫，以极其致。时时挟金、焦而临北固㊹，为褰裳蹈海之谈㊺。故常与游者，莫不眙愕㊻相视，叹曰："季宣殆青莲后身㊼也！"相与颜其阁曰"青莲"。

季宣叹曰："未敢然也。吾有友，江以西清远道人㊽，试尝问之。"道人闻而嘻曰："有是哉，古今人不相及，亦其时耳。世有有情之天下，有有法之天下。唐人受陈隋风流㊾，君臣游幸，率以才情自胜，则可以共浴华清㊿，从阶升，媟广寒㉛。令白㉜也生今之世，滔荡㉝零落，尚不能得一中县而治。彼诚遇有情之天下也。今天下大致灭才情而尊吏法，故季宣低眉㉞而在此。假生白时,其才气凌厉一世,倒骑驴㉟,就巾拭面㊱,岂足道哉!"海风江月,千古如斯。吾以为《青莲阁记》。

【注释】

①"李青莲"两句:唐代诗人李白号青莲居士,世称谪仙人。金粟如来,传说中维摩居士的前身。

②"海风"两句:出于李白《望庐山瀑布二首》其二。

③浔阳:今江西九江市北。

④青山:位于安徽当涂东南。

⑤晻(yǎn):通"掩"。

⑥广陵:今江苏扬州。

⑦李季宣:李柷(zhù),生卒年不详。真州(又称仪征,今属江苏)人。万历元年(1573)举人,曾任山东济阳知县,《青莲阁记》即为其而作。汤显祖有诗《真州与李季宣》《留别李季宣》。

⑧尊人:对父母的尊称。

⑨㘚(jí):喧哗,此指喧哗纷扰之地。

⑩休然:安然自得的样子。

⑪穆然:温和清雅的样子。

⑫五经:儒家的《诗经》《尚书》《礼记》《周易》《春秋》五部经典。

⑬六德:指儒家的知、仁、圣、义、忠、和六项道德标

准。出自《周礼·地官司徒》。

⑭爰：于是。

⑮清都：天帝居住的宫殿。

⑯广乐：通常指仙乐。

⑰觉：梦醒。

⑱因以名：因此以"枳"为李季宣之名。

⑲就傅之龄：到了就学的年纪。

⑳《骚》《雅》：代指《楚辞》《诗经》。

㉑拜贤书：指中举。贤书，本指举荐贤能的文书，后世因而称乡试中举为"登贤书"，"拜贤书"意同。

㉒公车数（shuò）上：上京会试屡次落第。因汉代曾用公家的车马接送应举者，后以"公车"泛指入京应试的举人。数，屡次。

㉓鸣琴之理：比喻轻刑简政，无为而治。典出《吕氏春秋·察今》。

㉔筮仕：入仕途做官。古人有做官时先占卜问卦的习俗，故以"筮仕"称初次为官。

㉕授山以东济阳长：任山东济阳的知县。

㉖资：用、以。

㉗弇（yǎn）：遮蔽。

㉘风期：风度品格。

㉙贾（gǔ）：招致。

㉚招残之橄：招来诋毁自己的言论。《仪征县志》卷三

十六载，李季宣任知县很有政绩，却"忽为蜚语所中"，竟自挂冠弃职归田。

㉛神武门：即南朝时建康皇宫西首的神虎门，唐初因避太祖李虎讳而改。相传南朝梁陶弘景曾在此门挂冠上书以辞禄，故后世借指弃职。

㉜吴观：泰山高峰名。

㉝使：假如。

㉞中泠：泉名，在今江苏镇江金山之下。

㉟三周华不注：围绕华不注山跑三圈。华不注，山名，在山东济南东北部。典出《左传·成公二年》：齐晋交战，齐师败绩被逐，"三周华不注"。

㊱致：致仕。

㊲骚牢：满腹牢骚。

㊳夷犹：从容不迫的样子。

㊴颓如：不以为意的样子。

㊵鋄（zōng）：收敛足迹。

㊶芜城真州：芜城，扬州故城，因南朝鲍照《芜城赋》而得名。真州（仪真）旧属扬州。

㊷通从：交往从游。

㊸浮拍跳踉（liáng）：纵情诗酒。

㊹挟金、焦而临北固：尽兴漫游于金山、焦山、北固山之间。三山皆在镇江。

㊺为褰裳蹈海之谈：谈论方外神仙之事。

卷三　杂编　　313

㊻眙愕：因惊愕而瞪视。

㊼后身：转世。

㊽清远道人：汤显祖自署其号，万历二十六年（1598）始见于明刊本《牡丹亭记题词》。

㊾陈隋风流：指南朝陈、隋朝之遗风。

㊿华清：即陕西骊山的华清池，唐明皇与杨贵妃共浴之处。

(51)娭（xī）广寒：传说唐明皇梦游广寒宫。娭，通“嬉”。

(52)白：李白。

(53)滔荡：动荡不宁。

(54)低眉：抑郁不得志。

(55)倒骑驴：传说中八仙之一的张果老，倒骑白驴行走，日行数千里，异于常人。

(56)就巾拭面：传说李白因醉酒而吐，唐明皇用手帕为其拭面。

【赏读】

相隔八百年时空，汤显祖借唐代诗人李白，引出了对明代诗人李杌（季宣）的描写，从而留下这篇名文。若论盛名，李杌远不如李白。然而李白“心神如在”，风流远被后人，长江的海风江月、云霞青山，与唐、明两代“二李”的雄心侠气、傲岸情怀，相互掩映衬托，山水人文因而显得如此相称，谁说李枑不是李白再世？汤显祖的比拟并非信手拈来，他对李枑出生时异事的描写，也不是随意渲染神秘色彩，而是为了突出李枑卓尔不群的形象。

当汤显祖叙写李枑的经历、情怀和行为时，我们固然可以看到"二李"的共同特点，但在字里行间，也会看到汤显祖的身影：他和李枑一样自小就受到家庭严格的科举训练，一样生有奇质而才气勃发，一样中举后累次春试落第，一样走上仕途后以风骨招致挫折，一样因看透官场黑暗而弃官归里。虽然他们后来所走的道路有所不同，一个沉浸于传奇戏曲创作，一个放浪于世事雅正之外，但观二人志向，又何尝有异？汤显祖取"清远道人"为号，李枑得"青莲阁"之名，其时间与写作此记差不多同时，很能说明两位友人志趣相投。不妨说，此文明写"二李"，实为三人。同在者，汤显祖。

借李枑来叩问"青莲阁"之名当与否，汤显祖说出了惊世骇俗之语："世有有情之天下，有有法之天下。"不仅说了，而且他直指唐代"是有情之天下"，而季宣和自己所处的明代，则"是有法之天下"。那么，这"法"是什么情形呢？汤显祖断然说："今天下大致灭才情而尊吏法。"在他心目中，"才情"和"吏法"，是现实社会中激烈冲突的对立面。尊前而抑后，表现了汤显祖对时世的积极批判。所以他安慰朋友，如果让李白活在当世，他连一个中等县也治理不好。反之，如果让李贽生活在唐代，就能和李白一样扬眉吐气了。今人哪里不如古人？只不过时运不同罢了！

一篇《青莲阁记》，李白是引子，李贽是主人，汤显祖则是代言人。当世人说当世事，有汤显祖这般胆略者，多乎哉？不多也！所以李白是、李贽是、汤显祖更是非常之人。

宜黄县①戏神清源师②庙记

人生而有情。思欢怒愁，感于幽微，流乎啸歌，形诸动摇③。或一往而尽，或积日而不能自休。盖自凤凰鸟兽，以至巴渝夷鬼，无不能舞能歌，以灵机自相转活，而况吾人！奇哉清源师，演古先神圣八能千唱④之节而为此道，初止爨弄参鹘⑤，后稍为末泥⑥三姑旦⑦等杂剧⑧传奇⑨。长者折至半百，短者折才四耳。生天生地生鬼生神，极人物之万途，攒⑩古今之千变。一勾栏⑪之上，几色目⑫之中，无不纡徐焕眩，顿挫徘徊，恍然如见千秋之人，发梦中之事，使天下之人，无故而喜，无故而悲。或语或嘿，或鼓或疲，或端冕⑬而听，或侧弁而咍⑭，或窥观而笑，或市涌而排。乃至贵倨弛傲，贫啬争施，瞽者欲玩，聋者欲听，哑者欲叹，跛者欲起。无情者可使有情，无声者可使有声，寂可使喧，喧可使寂，饥可使饱，醉可使醒，行可以留，卧可以兴。鄙者欲艳，顽者欲灵。可以合君臣之节，可以浃⑮父子之恩，可以增长幼之睦，可以动夫妇之欢，可以发宾友之仪，可以释怨毒之结，可以已愁愤[16]之疾，可以浑庸鄙之好。然则斯道也，孝子以事其亲，敬长而娱死；仁人以此奉其尊，享帝而事鬼；老者以此终，少者以此长。外户可以不闭，嗜欲可以少营。人有此声，家有此道，疾疫不作，天下和平。岂非以人情之大窦[17]，为名教[18]之至乐也哉！

予闻清源，西川灌口神也。为人美好，以游戏而得道，流此教于人间。讫无祠[19]者。子弟开呵时一醪之[20]，唱啰哩嗹[21]而已。予每为恨。诸生诵法孔子，所在有祠；佛老氏弟子，各有其祠。清源师号为得道，弟子盈天下，不减二氏，而无祠者，岂非非乐之徒[22]，以其道为戏相诟病耶。

此道有南北[23]，南则昆山之次为海盐，吴浙音也。其体局静好，以拍为之节。江以西弋阳，其节以鼓，其调喧。至嘉靖而弋阳之调绝[24]，变为乐平[25]，为徽青阳[26]。我宜黄谭大司马纶[27]闻而恶之。自喜得治兵于浙，以浙人归教其乡子弟，能为海盐声[28]。大司马死二十余年矣，食其技者，殆千余人。聚而诿[29]于予曰："吾属以此养老长幼长世，而清源祖师无祠，不可。"予问，倘以大司马从祀[30]乎？曰："不敢。止以田、窦[31]二将军配食也。"予额之[32]，而进诸弟子语之曰："汝知所以为清源祖师之道乎？一汝神，端而虚[33]。择良师妙侣，博解其词，而通领其意。动则观天地人鬼世器之变，静则思之。绝父母骨肉之累，忘寝与食。少者守精魂以修容，长者食恬淡以修声。为旦者常自作女想，为男者常欲如其人。其奏之也，抗之入青云，抑之如绝丝，圆好如珠环，不竭如清泉。微妙之极，乃至有闻而无声，目击而道存㉞。使舞蹈者不知情之所自来，赏叹者不知神之所自止。若观幻人者之欲杀偃师㉟，而奏《咸池》㊱者之无怠㊲也。若然者，乃可为清源祖师之弟子，进于道矣。诸生旦其勉之，无令大司马长叹于夜台㊳，曰：'奈何我死而此道绝也。'"乃为序之以记。

【注释】

①宜黄县：明代江西抚州下属县，今仍隶属抚州。

②戏神清源师：民间传说秦昭王时蜀郡太守李冰的第二个儿子二郎神，到宋代真宗时封为清源妙道真君，即宜黄子弟所供奉的戏神清源师。

③动摇：泛指歌舞戏剧的表演。

④八能千唱：泛指所有表演艺术。八能，谓八种调和技能，出自《后汉书·礼仪志中》。宋代王应麟《小学绀珠·律历·八能》："调黄钟，调六律，调五音，调五声，调五行，调律历，调阴阳，调正德所行。"

⑤爨（cuàn）弄参鹘：爨弄，泛指戏剧表演。爨，同"爨"。汤显祖《邯郸记·合仙》："高歌踏踏春，爨弄的随时诨。"参鹘，指唐代的参军戏，由参军和苍鹘两个角色表演滑稽故事。

⑥末泥：杂剧中男主角的角色名。

⑦三姑旦：角色名。"三"当为"酸"，扮演喜剧人物。"姑"当为"孤"，扮演老人。旦，扮演妇女。

⑧杂剧：此指元明时期的北杂剧。

⑨传奇：此指宋元时期的南戏。

⑩攒（cuán）：汇聚。

⑪勾栏：宋元时期百戏、杂剧演出的场所。

⑫色目：此指戏曲中的角色行当。

⑬端冕：正冠，形容态度严肃。

⑭侧弁（biàn）而咍（hāi）：侧头而笑。弁，帽子；咍，笑。

⑮浃（jiā）：加深、融洽。

⑯愦：神思昏乱。

⑰大窾：大端。

⑱名教：指正名分、灭人欲的礼教。

⑲祠：建庙堂供奉。

⑳呵时一醪（láo）之：开演前以酒敬戏神。呵，开演；醪，浊酒。

㉑啰哩嗹：一种民间俗调。

㉒非乐之徒：鄙视、压制戏曲者。

㉓此道有南北：指戏曲有北杂剧和南戏。

㉔至嘉靖而弋阳之调绝：在临川、宜黄一带，嘉靖年间盛行演唱由弋阳腔演变而来的乐平腔、青阳腔。

㉕乐平：属江西，乐平腔为弋阳腔的支派之一。

㉖青阳：今属安徽，青阳腔为弋阳腔的支派之一。

㉗谭大司马纶：谭纶，江西宜黄人，官至兵部尚书。嘉靖三十九年（1560），任浙江布政使司右参政。

㉘能为海盐声：因谭纶之故，海盐腔传入江西，形成宜黄腔，宜黄腔实为弋阳化的海盐腔。

㉙谂（shěn）：告诉。

㉚从祀：附祭。

㉛田、窦：古代戏班祭祀的两位戏神。

㉜额之：以手加额，表示赞许。

㉝一汝神，端而虚：专心致志，端庄谦虚。化自《庄子·人间世》"端而虚，勉而一"。

㉞目击而道存：语出《庄子·田子方》。谓透过外表即可见其人心志。此指戏剧表演的最高境界，是不借助感官而臻于化境，也即传神。

㉟偃师：《列子·汤问》记载，周穆王时有一位能工巧匠叫偃师。他善于制造能歌善舞、栩栩如生的戏偶。穆王与侍妾同观，偶人对其侍妾眉目传情。穆王大怒，要立刻诛杀之。偃师大惧，当面剖示偶人，穆王方罢。

㊱《咸池》：古代乐曲名。

㊲无怠：表现得毫无懈怠、始终圆满，指表演达到最高的艺术境界。语出《庄子·天运》。

㊳夜台：坟墓。因其幽闭黑暗而不见光明，故称之。

【赏读】

"人生而有情。"这篇我国古代戏曲理论史上很重要的文献，开门见山，道出了汤显祖戏曲观的核心。文章当作于万历二十六年（1598）汤显祖弃官归里，至"四梦"完成之后，也即万历三十四年（1606）前。这是汤显祖戏曲创作成就辉煌、戏曲理论成熟时期。

和吴中戏曲家沈璟等人不同，汤显祖在曲坛上的知己，主要是民间艺人。理由很简单：戏曲创作的最终目的，是把文本搬演到红氍毹上，而不是玩弄于文人案头。作为当时著名的戏曲家，汤显祖经常亲临场地，"自掐檀痕教小伶"（《七夕醉答君东二首》）。他也应邀观看艺人们的表演，如在南昌滕王阁观赏《牡丹亭》的演出（《滕王阁看王有信演〈牡丹亭〉二首》）。

宜黄戏神清源师的形象，由灌口都江堰的创始者李冰之子二郎，与《西游记》《封神演义》中的二郎神杨戬拼合而成。清源师被尊为戏神，应出于民间的南戏传统，起因和年代不详。但汤显祖并不急于去考证其详，而是把这位民间传说中的戏神,与儒释道三教的圣人相提并论,还为其独独"无祠"而大鸣不平。

不平之鸣,来自汤显祖对"存天理,灭人欲"理学思想的彻底否定。这样的思想不需要有所掩饰,它就是《庙记》开宗明义的第一句话,可视为汤显祖主情说的纲领。"人生而有情"借重了左派王学的基本命题,包括王守仁的情有善恶之分、罗汝芳的天机莫非嗜欲之论。但与他们相比,汤显祖进而肯定了"情"的主导性,认为"极人物之万途,攒古今之千变",戏曲不过是"千秋之人,发梦中之事"而已。

在这篇文章中,汤显祖对戏曲社会作用的认识,也是相当深刻的。他认为现实世界中的情之善恶,一旦进入戏曲舞台,就全是艺术的再现,由艺术形象本身去表现、去诉说。艺术形象是现实情感和戏曲艺术的结合,而不是理学道德倾向的道具。从剧本到表演,戏曲的主旨是表现"人情之大窦",从而化"名教之至乐",它可以"使天下之人,无故而喜,无故而悲"。更为神奇的是,"人有此声,家有此道,疾疫不作,天下和平"。汤显祖的戏曲理论首推主情说。换言之,戏曲的社会功能,是通过主情的艺术形象去娱乐、去感染观众而实现的。情与理究竟谁先谁后、谁主谁宾?这道理不言而喻。这篇戏神《庙记》和《牡丹亭题词》,可谓汤显祖宣扬主情说的双璧。

以主情为基调,这篇不足千字文还阐述了其他戏曲新知。如把杂剧和传奇,作为戏曲舞台的综合艺术而加以考察,对戏曲演员的戏德和戏道,作出分析和要求,等等,此不一一述及。

续栖贤莲社①求友文

岁之与我甲寅者再②矣。吾犹在此为情作使，劬③于伎剧④。为情转易，信于痎疟⑤。时自悲悯，而力不能去。嗟夫，想明斯聪，情幽斯钝。情多想少，流入非类。吾行于世，其于情也，不为不多矣；其于想也，则不可谓少矣。随顺而入，将何及乎？应须绝想人间，澄情觉路，非西方莲社，莫吾与归矣。昔远公之契刘遗民等十八贤为上首。而康乐⑥高才，求与不许；渊明⑦嗜酒，而更邀上。名迹既迁，胜事遂远。至赵宋省常昭庆之社⑧，虚有向、王二相国名，隐迹不著，亦足致慨于出世之难矣。

吾弱冠徘徊坠簪池上，因而自念，异日投簪，庶其在此⑨。四纪而余，因循未果。迩欲奋飞，开莲续社，而故林驰传，颇碍栖迟。诸所高深，去人太远，津梁一处，允惟厥中⑩，则有唐少室山人李公⑪所隐栖贤故基。谷林石淙，雷动车震。桥名三峡，循涯眺听，空寒应心。五老双流，倾其左侧。龙渊鹿洞，跂其近间。真不尽之灵墟，而无为之尽堄⑫也。中有平畴暖曲，茶笋斯储。谷口江乘，延接非远。兴言葺筑，无负初怀。冬春间，复闻九江分司钱塘葛公⑬加意道业，亟往依之，冀成斯事。比度章门⑭，葛公幅巾归越，而栖贤老释乐愚寔⑮来。乐愚故有净行可语者，旋告之故。乐愚曰："亦其时也。高天销于炽炭，大地沉于积流，况此聚沫之躯⑯，悬舆之晷⑰乎！虽然，非有同心，安能久处。曷若遂踪林、远⑱，大启宗、雷⑲，庶使鸾鹤相依，兰菊无绝耳。"吾愧其言。自惟素尚浅于渊明，杂心广于康乐，而敢擅嗣盟以滓前哲。已而静思，有兄述者。晋宋之间，世道奇侧。远公夷迹谛交，实深玄虑。我明一家，恢然道广。才度之士，朝夐交容。慕类以悲，感忾而集，要亦语嘿⑳之通怀，往来之大致矣。且吾有二友，汤嘉宾㉑久忾叹于栖贤，岳潜初㉒近勤施于昭庆。兹之续斯盟也，成斯役也，二公首其许我乎？

嗟夫！匡、蠡㉓之名迹巨矣，宇宙之名流盛矣。遗民通隐，必有周、刘㉔。散骑舍人㉕，未乏诠、炳㉖。费神明于匪妙，委日用于无常，情有所必穷，想有所必至。苟怀千秋之寄者，皆将有人于斯言耳。

【注释】

①续栖贤莲社：莲社是东晋慧远法师创立的佛教净土宗名称。慧远在庐山东林寺，与贤士刘遗民等十八贤结社同修净土宗，因寺中有白莲池，因号莲社（白莲社），汤显祖结社之名缘于此。晚明画家吴彬《莲社求友图卷》之末，有汤显祖亲书此启。

②甲寅者再：此文作于万历四十二年（1614）甲寅，汤显祖时年六十五岁，而嘉靖三十三年（1554）甲寅年，汤显祖五岁，故言"再"。但这年冬因其母卒，并未结成莲社。

③劬（qú）：劳苦，勤劳。

④伎剧：即戏剧。

⑤痎（jiē）疟：指隔日发作一次的疟疾。

⑥康乐：南北朝时期诗人谢灵运之号，因其袭封康乐公，世人故称之。

⑦渊明：东晋诗人陶渊明，与慧远是方外之交。

⑧省常昭庆之社：省常，莲宗第七祖，宋代淳化中住杭州西湖南昭庆寺，因慕慧远法师庐山结社之风而结净行社。士大夫与会者百二十人，当朝相国王文正公为社首，比丘及千人。

⑨"吾弱冠"四句：隆庆四年（1570）汤显祖在南昌中举，去西山云峰寺拜谢考官张岳。晚过莲池，坠一簪子于池中，作《莲池坠簪题壁诗》云："或是投簪处，因缘莲

叶东。"

⑩允惟厥中：不偏不倚，正好合适。语出《尚书·大禹谟》："人心惟危，道心惟微。惟精惟一，允执厥中。"

⑪李公：唐代李渤（772~831），字濬之，洛阳人，青年时期与其兄偕隐庐山，在五老峰南面的栖贤寺读书，后徙河南少室山。李渤曾任江州刺史。

⑫垝（guǐ）：倒塌的墙。

⑬葛公：葛寅亮（1570~1646），字屺瞻。钱塘（今浙江杭州）人。万历二十九年（1601）进士，授南京礼部主事。万历三十六年（1608）引疾归里，三十九年（1611）起官，为江西右参议等，充任九江兵备道。

⑭章门：南昌。

⑮寔：通"是"，此，这。

⑯聚沫之躯：佛教语，以聚集的泡沫比喻无常。《维摩诘经·方便品》："是身如聚沫，不可撮摩。"

⑰悬舆之晷：谓致仕家居之年，一般为七十岁。舆，即"车"，致仕后出行不再用车，故悬之。晷，时间。

⑱林、远：东晋高僧支道林和慧远。

⑲宗、雷：慧远所设莲社"十八贤"中的南阳（属河南）宗炳、豫章（治今南昌）雷次宗。

⑳嘿：同"默"。

㉑汤嘉宾：汤宾尹，字嘉宾，官南京国子监祭酒，罢归。

㉒岳潜初：岳元声，浙江嘉兴人。官工部都水司郎中，因上书言事罢归。

㉓匡、蠡：匡山（庐山）、彭蠡湖（鄱阳湖）。

㉔周、刘：莲社十八贤之雁门（属山西）周续之、彭城（今江苏徐州）刘遗民。

㉕散骑舍人：明代择公、侯、伯、都督、指挥之嫡次子，充勋卫散骑舍人。此泛指为官者。

㉖诠、炳：南阳（属河南）张诠、宗炳，皆弃官皈依佛门。

【赏读】

汤显祖平生著述不少，若论与人交往最直接的文字，则以尺牍为多。启，在《玉茗堂文》中仅存三封，以这一封最为著名。《续栖贤莲社求友文》作于万历四十二年（1614），汤显祖时年六十五岁。他邀约前南京国子监祭酒汤宾尹、前工部都水司郎中岳元声，同往庐山栖贤寺共结莲社，此举在其一生中颇不寻常。虽然佛教思想自小就影响着汤显祖，正如文中所说，他在弱冠时便有心向佛，然而毕竟"四纪而余，因循未果"。究竟是什么原因，促使他在垂暮之年，想把佛教因缘付诸实际呢？

不必费心探究，汤显祖已说得很清楚：自己多年来"为情作使，劬于伎剧"，老来疾病缠身，自悲无所作为，认为"应须绝想人间，澄情觉路"，于是仿效前贤，续栖贤莲社，了却自己的莲池前缘，了却"情必穷"的人生。此举最终由于资金赞助人、九江兵备道葛寅亮退职还乡而搁浅。接着汤显祖家中连遭两台丧事：当年十二月下旬其母卒，次年正月中旬其父卒，家事纷扰，世事无常，结社之想自然也无从继续。

"时自悲悯，而力不能去。"从这发自内心的悲叹，可见多情多思的汤显祖，在文坛知己日稀，孤独之感倍增，贫困交加，体弱多病的晚年，仍为现实愈加黑暗、自己无所作为而苦闷，与他志同道合的朋友汤宾尹、岳元声，此前皆因干预政治而罢归。欲结莲社，是他为自己和朋友的人生归宿，选择的一种超然出世的生活方式。

或许会有人认为这个伟大的戏曲家，晚年的思想实在悲观消极，依我看情况正相反，这是汤显祖对自由独立个性和有情之天下理想的坚守。当年弃官为此，如今结社亦为此。正因为如此，在一定的历史时期，个人虽然无力扭转黑暗现实，但其自强不息、努力铸就的精神丰碑，终将对当时和未来产生深远影响。汤显祖"为情作使"，耗尽平生心力创作的戏曲诗文，仅只《牡丹亭》，就足以作为个人和有明一代文学的代表作，让他不负列祖列宗、师友知交，亦无愧于整个世界。

附 录

汤显祖年表

纪年	年龄	事迹
明世宗 嘉靖二十九年 （1550）	一岁	出生于江西抚州临川文昌里。名显祖，字义仍，号若士，又号海若、清远道人、茧翁。
嘉靖三十三年 （1554）	五岁	能属对。
嘉靖四十年 （1561）	十二岁	作诗《乱后》。诗文可考者以此最早。
嘉靖四十一年 （1562）	十三岁	学古文于徐良傅。从罗汝芳游。
嘉靖四十二年 （1563）	十四岁	补县诸生。
嘉靖四十三年 （1564）	十五岁	师徐良傅习古今文字、声歌之学。作诗《分宜道中》。
明穆宗 隆庆元年 （1567）	十八岁	因病未赴秋试。

续表

纪年	年龄	事迹
隆庆三年（1569）	二十岁	友帅机。始读《文选》。友饶崙、周宗镐。娶吴氏为妻。
隆庆四年（1570）	二十一岁	秋试以第八名中举。冬,为明年春试晋京。
隆庆五年（1571）	二十二岁	春试不第。
隆庆六年（1572）	二十三岁	除夕,家中庐舍被毁于火。
明神宗万历二年（1574）	二十五岁	春试不第。
万历三年（1575）	二十六岁	十二岁至二十五岁诗结集为《红泉逸草》。
万历四年（1576）	二十七岁	春,客宣城。罗汝芳讲学于从姑山,负笈往学。游学南京国子监,晤帅机。纳妾赵氏。夏,读佛典于报恩寺。冬,北上赴春试。此年前后,集南京所作诗文为《雍藻》（佚）。
万历五年（1577）	二十八岁	因拒绝张居正拉拢,春试不第（张居正次子嗣修以第二名及第）。游南太学,师从张位。自号海若。
万历六年（1578）	二十九岁	谢廷谅为其作《〈问棘堂邮草〉叙》。长子士蘧（1578~1600）生。
万历七年（1579）	三十岁	《紫箫记》未成稿,搁笔。祖母魏夫人（1488~1579）去世。

续表

纪年	年龄	事迹
万历八年（1580）	三十一岁	再次因为拒张居正拉拢而春试不第（张居正第三子懋修以一甲第一名及第，长子敬修列二甲第十三名）。次子大耆（1580~1665）生。夏，游南太学，为祭酒戴洵赏识。秋，返临川，途中游黄州。二十八岁至三十一岁诗文结集为《问棘邮草》。
万历十年（1582）	三十三岁	作客杭州。张居正卒。张四维继任首辅。
万历十一年（1583）	三十四岁	以三甲第二百十一名中进士。观政北京礼部。妻吴氏卒于临川。在北京续娶傅氏。首辅张四维丁忧，申时行继任，直至万历十九年（1591）九月致仕。《汤海若先生制艺》刊刻。
万历十二年（1584）	三十五岁	出任南京太常寺博士（正七品）。
万历十三年（1585）	三十六岁	时任吏部郎中司汝霖来信，劝与执政通好，可内调为吏部主事，复信婉言谢绝。
万历十四年（1586）	三十七岁	罗汝芳讲学南京，从之游。改编《紫箫记》未成稿为《紫钗记》。
万历十五年（1587）	三十八岁	十二月，京察后归家，晤帅机。父六十寿。

续表

纪年	年龄	事迹
万历十六年（1588）	三十九岁	改官南京詹事府主簿。三儿开远（1588~1640）生。
万历十七年（1589）	四十岁	迁南京礼部祠祭司主事（正六品）。
万历十八年（1590）	四十一岁	在南刑部主事邹元标家初会达观禅师。
万历十九年（1591）	四十二岁	闰三月，上《论辅臣科臣疏》抨击朝政。四月，被召切责。五月，谪为广东徐闻典史。返乡，患疟疾。九月初，启程赴广东。重九，过从姑别诸友。经吉安、赣州，取道庾岭南行，自保昌（今广东南雄）下船。十月初，舟过英德浈阳峡。十月中，到广州。迂道往游罗浮山。十一月初七日，自广州舟行至南海。经香山、澳门、长沙、恩平至阳江，由阳江下海过琼州海峡，直抵涠洲岛看珠池，而后折回徐闻。到徐闻，寓居贵生书院。西儿（1591~1598）出生。
万历二十年（1592）	四十三岁	自徐闻返临川，在肇庆遇意大利传教士利玛窦。
万历二十一年（1593）	四十四岁	量移浙江遂昌知县，三月到任。建造射堂和书院。

续表

纪年	年龄	事迹
万历二十二年（1594）	四十五岁	在遂昌明伦堂后建成尊经阁、在城东报愿寺前重建启明楼。拨庙观田租以充书院经费。七女去年或今年七夕生，半年而殇。女詹秀是年卒，七岁。为长子士蘧作秋兆诗。黄汝亨函谢为其父作行略。为征赋事与邑绅项应祥书信往复。
万历二十三年（1595）	四十六岁	赴京上计，会公安（今属湖北）袁宗道、宏道、中道兄弟。作《紫钗记题词》，以清远道人署名，最早见于此作。屠隆、达观禅师先后来访遂昌。离京返乡省亲。晤意大利传教士利玛窦。在遂昌为相圃书院加创大堂，颜其额曰"象德"。
万历二十四年（1596）	四十七岁	秋，往绍兴结课，适布政使参政不在。晤孙如法。还经嵊县，在新昌县署度生日。
万历二十五年（1597）	四十八岁	吕儿出生。长子士蘧来遂昌拜省。
万历二十六年（1598）	四十九岁	三月，向吏部告长假弃官归里。七月，自文昌里移居沙井，筑玉茗堂、清远楼。八月十九日，西儿殇，八岁。《牡丹亭》成，为作词。达观禅师来访。
万历二十七年（1599）	五十岁	在南昌别达观禅师，而后梦到得其来信，从此自号海若士（一作若士）。李贽来访。

续表

纪年	年龄	事迹
万历二十八年（1600）	五十一岁	作传奇戏曲《南柯记》。长子士蘧卒于南京。刻士蘧遗集《觉华篇》。自号茧翁。
万历二十九年（1601）	五十二岁	大计以"闲住"罢职。作《邯郸记》。
万历三十年（1602）	五十三岁	《宜黄县戏神清源师庙记》或作于今年。黄汝亨首得《牡丹亭》，此为最早提及此戏流传并有年代可考者，但不悉是抄本还是刻本。
万历三十一年（1603）	五十四岁	达观禅师牵涉癸卯妖书案被逮于狱，同年被害于狱中。
万历三十三年（1605）	五十六岁	春，至南昌。
万历三十四年（1606）	五十七岁	《临川汤海若玉茗堂文集·诗赋》刊于南京，板心题《玉茗堂集选》，卷首有帅机、屠隆二序。生前所行各集以此为最全。遂昌叶千来访。
万历三十五年（1607）	五十八岁	往游南昌。
万历三十七年（1609）	六十岁	有南昌之行。
万历四十年（1612）	六十三岁	陪三儿开远去南昌应秋试。

续表

纪年	年龄	事迹
万历四十二年（1614）	六十五岁	拟在庐山结栖贤莲社，未果。十二月，母吴氏卒，享年八十五岁。
万历四十三年（1615）	六十六岁	正月，父卒，享年八十八岁。三儿开远中举。门人许重熙来谒，以文十卷付之，属请钱谦益为序。
万历四十四年（1616）	六十七岁	六月十六日（7月29日），逝于临川玉茗堂。
明熹宗朱由校天启元年（1621）		韩敬辑《玉茗堂全集》（或称《玉茗堂集》《汤若士全集》）刊刻，包括文、诗、赋、尺牍各体，共四十六卷。汤氏诗文唯此搜罗特富，流传独盛，功不可没。
明思宗朱由检崇祯九年（1636）		沈际飞《独深居点定玉茗堂集》（实为选集）刊刻。收赋四卷、诗十三卷、文七卷、尺牍六卷。卷末但存《牡丹亭》《紫钗记》《邯郸梦》《南柯梦》目录。